U0895801

韦江琼　绘

听来的故事

吕纯晖 著

译林出版社

图书在版编目（CIP）数据

听来的故事 / 吕纯晖著．—南京：译林出版社，2012.12

ISBN 978-7-5447-3520-9

Ⅰ．①听… Ⅱ．①吕… Ⅲ．①短篇小说－小说集－中国－当代 Ⅳ．①I247.7

中国版本图书馆CIP数据核字（2012）第295691号

书　　名 听来的故事
作　　者 吕纯晖
责任编辑 韩继坤
特约编辑 刘　佳
出版发行 凤凰出版传媒股份有限公司
　　　　　译林出版社
出版社地址 南京市湖南路1号A楼，邮编：210009
电子邮箱 yilin@yilin.com
出版社网址 http://www.yilin.com
印　　刷 三河市祥达印装厂
开　　本 889×1194毫米　1/32
印　　张 7.375
字　　数 168千字
版　　次 2012年12月第1版　2012年12月第1次印刷
书　　号 ISBN 978-7-5447-3520-9
定　　价 26.80元

目录

138／骚扰短信

我觉得有手机短信很好，

可以讲很多流氓话。

177／惊魂十二小时

恐惧就像一个螺旋，

苦难就像一个深渊，

掉进去就爬不出来了。

194／都是紫泥惹的祸

伍朵袖着手，手在发抖，身上在发抖。

她也完蛋了，被紫泥挖了一个大坑，

为了一点小小的贪念，她也被活埋了。

听来的故事

爸爸是一个很小气的人。这可能与他从小生活在盐场有很大关系。

盐场的盐多得要命。可是爸爸炒菜都舍不得放盐。盐吃多了长力气，我小时候一点力气也没有，身体软绵绵的。海边风大，碰到刮台风，放学的路上被台风一吹，好几次都吹到电线杆上。说被吹到电线杆上不对，又不是塑料袋子，又不是冰棒纸，应该说被吹到电线杆下。我救命似的紧紧抱住电线杆，天越来越黑了，风越来越大了。我一步也不敢走，我一直叫着爸爸爸爸爸爸我在这里，我太没力气了，声音太小了，个子也太小了，等到爸爸找到我，我有一次都抱着电线杆睡着了。爸爸把我抱起来，我就用拳头捶他，我说爸爸爸爸你炒菜的时候多放点盐嘛！但是每次爸爸都会说，盐就像钱一样，钱多了当然好，但是钱多了不能都用掉，要省着用，能不用尽量不用，放一点点盐菜会很香，放太多盐菜太咸了吃了不长个子，个子很矮，皮肤会黑黑的很不好看。

爸爸说这些道理我慢慢地长大也懂一点了。但是当时不懂，从小我就是牛脾气的人，我看爸爸炒菜总是舍不得放盐，说菜太咸了得多吃饭，得多喝汤，得多买米，得多烧柴，得多拉屎拉尿。我就自己带一小瓶盐，带到学校里，别的同学都喝蜂蜜水，喝可乐，吃水果，就我每天喝盐水，从上小学一直喝到初中毕业，可能那些盐分都积在体内，所以我现在给你推背，是不是很有力气？

爸爸因为太小气了，十乡八里的人都认识他。这么些年，海边的人很多人都出国了，开始是偷渡，后来是移民，整家整家变成外国户口，男人小孩都在国外，家里就留些女人，打打麻将，做做美容，买衣服都买几千的，吃酒店都吃几千的，遇到有什么人有点什么事拿不定主意，大家就拿爸爸的小气说事，说千万不要像盐场的那个黄端午，小气了大半辈子又小气出什么名堂？

爸爸也知道大家看不起他。但是爸爸无所谓的。爸爸说，盐放多少自己知道，吃一下就知道了。钱有多少自己知道，数一下就知道了。没有钱的人跟有钱的去比，才是傻帽呢。

爸爸现在应该快60岁了。他的身份证是1958年生，属狗，但他不是真正的“小狗”，真正是哪一年生的他自己不知道，盐场的人也不知道。问盐场的人，盐场的人说，黄端午是端午节那天黄昏捡到的，是狗年的端午节黄昏捡到的。取名字就这样取了，报户口就这样报了。盐场的人说起爸爸，都说端午这个小孩好，命苦，好人没好命。问他们爸爸是在哪里捡到的呢？他们说在海边的垃圾场捡到的。问他们爸爸是哪里人呢？他们说应该是国内的人吧，总不会是国外的人吧。但是爸爸总是认为自己应该是有外国的血统，为什么呢？因为爸爸有一个鹰钩的鼻子，面相也是外国人的面相，但是不像美国人，也不像日本人，像阿拉伯人。

爸爸也知道大家对他的出身有疑问。这么些年，海边的人出国的出国，做生意的做生意，穷的人家更穷了，富的人家更富了。海边有几家人富得没办法，钱多得没办法，大家都说他们的鹰钩鼻子，说他们的祖上是阿拉伯人，说爸爸长得像他们。有的说爸爸像这家人，有的说爸爸像那家人，有的出主意叫爸爸主动找上门，要求做亲子鉴定。爸爸哪里肯！爸爸说我是盐场的小孩，我是海边的垃圾场捡来的，跟他们有钱人没有关系。

轮到大家来议论我，说我的眉毛像谁嘴巴又像谁，说我的亲爸爸亲妈妈后悔了，专门从国外跑回来，专门到盐场找过爸爸。爸爸说，哪里有?!爸爸说，如果是真的你会不会跟他们去国外?我说当然不会!我是爸爸从村头的一棵歪脖子大树下捡到的，我被装在一只装苹果的纸箱里。爸爸娶了妈妈以后，不住盐场了，天蒙蒙亮出门，天黑以前回家，爸爸骑着自行车，经过村头那棵歪脖子大树，看见有几只野猫围着一个装苹果的纸箱子，爸爸停下来，走过去一看，看到我连哭声都没有了，脸上被蚊子咬成一个蜂窝了，身上就裹着一块旧毛巾，连生辰八字都没放一张，这么狠心的父母，再有钱我也不认他们。

爸爸用自行车把装苹果的纸箱载回家。妈妈是一个老小孩，小时候发烧，烧成一个脑膜炎，人有时清醒有时糊涂。妈妈没有看到苹果，看到一个小孩，抱起来就走到门口扔掉，爸爸也舍不得打她。晚上爸爸让妈妈跟我睡床，他自己睡地板，半夜妈妈咬我的胳膊，我大哭起来，爸爸也舍不得打她。爸爸说，如果早点捡到小孩，他就不用娶妈妈了，但是既然娶了，就要在一起过一辈子，她人傻，打她有什么用呢?

爸爸不放心把我交给妈妈，就把我背在背上，骑着自行车去盐场上班。盐场的人看到他们捡来的小孩也会行善捡小孩了，都很高兴，有的还高兴地哭起来。爸爸说，如果这个小孩以后能考上大学，一定要叫她一个一个孝敬你们。爸爸为什么那么小气呢？因为爸爸总想省钱，总想省一点钱让我以后上大学。爸爸总是说，你要是能上大学就好了。但是我从小跟书有仇，一翻开书就打呵欠，做作业就打瞌睡。爸爸总是说，你怎么才考 30 分 40 分呢？你为什么不考个 50 分 60 分呢？我对爸爸说，爸爸，考 60 分不算及格，要 80 分，老师说想上大学门门要 95 分以上，现在才上小学，还要上初中，还要上高中，打死我也做不到。我哭起来，爸爸也哭起来。爸爸说，那怎么办呢那怎么办呢？我对爸爸说，爸爸，你送我去学唱歌吧，我以后当歌星。爸爸说，唱歌不好，牛也会唱歌，鸭子也会唱歌，野猫也会唱歌，难听死了。我对爸爸说，爸爸，那我去学唱戏吧，我太爱唱戏了。爸爸生气了，抓着我的手，到厨房里拿了锅铲，吓我一下放回去，换了一双筷子，吓我一下又放回去，最后用手打手，边打边哭边说，以后不许提演戏！后来有人说，爸爸的妈妈是演戏的，爸爸的妈妈怎么舍得把爸爸扔了呢？

爸爸给盐场写了请假条，请假七年，要等我上大学再回盐场上班。这么些年，很多企业都承包给私人了，但是盐场还是公家的。盐场的人看到他们捡来的小孩，为了要培养捡来的小孩上大学，要请七年假，都感动得要命。他们说，端午，七年就七年，你的工作我们替你干，你的工资还是你的工资。但是爸爸不肯，爸爸说，也不知道这个小孩能不能考上大学。要是不能考上大学，大家的心意白浪费了。爸爸办了停薪留职，跑到我上学的学校食堂当临时工。爸爸的想法是我在哪个学校他就跟到哪个学校，一直跟到我考上大学。爸爸的再一个想法是他去食堂卖饭菜，哪位老师多给我打点分数，他就给哪位老师多打点饭菜。结果食堂安排爸爸去炒菜。前面说了，爸爸是一个很小气的人。炒那么大锅的菜，油舍不得放也就算了，盐也舍不得放，吃了没油没盐的菜，老师讲课没力气，声音小得像蚊子叫，同学们做课间操手都举不起来，走路东倒西歪。我对爸爸说，爸爸，在家里省也就算了，跑到学校省油省盐，听说连校长都有意见了。爸爸说，公家的盐也是盐，用公家的盐跟用公家的钱一个意思，用一点可以，用太多了就不好啦！我对爸爸说，爸爸，盐多放一点，菜就有味道，吃起来香。钱也一样，有钱多好，爱怎么花就怎么花，没钱的日子没法过。爸爸说，所以有钱的日子要当没钱的日子过，盐跟钱一样，又不会坏掉，放一点可以，放太多就不好啦！结果食堂不让爸爸炒菜了，让他去洗菜，洗碗，洗地板。但是爸爸高高兴兴的，爸爸说，反正每天都可以见到很多老师，见面三分情，希望他们能多打点分数给你。

爸爸一门心思放在我身上，对妈妈和两个妹妹自然就照顾不够。妈妈有时清醒有时糊涂，清醒的时候她会数落爸爸，说自己亲生的小孩不管，怎么搞得会去爱一个捡来的小孩？爸爸说，捡来的小孩可怜，我自己也是捡来的小孩，人家盐场的人对我多好呵！妈妈清醒的时候不多，妈妈糊涂起来连菜市场装菜的塑料袋子也放进汤里去煮，爸爸也舍不得打她。海边的晚上经常停电，前面说了，爸爸是一个小气的人，但是为了让我做作业，蜡烛都是整包整包的买。妹妹是不用晚上做作业的，从来没有看到她回家做作业，但是她都是班里前三名。而我每天晚上都在做作业，但是我都是班里倒数第三名。爸爸买蜡烛的时候就不说蜡烛跟盐一样，用一点可以，用多了就不好啦！但是妈妈糊涂起来会把整包的蜡烛切成一节一节放进汤里去煮，爸爸也舍不得打她。爸爸说，娶了她就要跟她过一辈子，她人傻，打她有什么用呢？

爸爸一门心思放在我身上，也难怪妈妈清醒的时候会有意见，爸爸对两个妹妹照顾得太少了。两个妹妹都是爸爸妈妈亲生的，大妹妹小我一岁，小妹妹小我十岁，为什么差这么多呢？本来不想生了，但是有一次爸爸跟邻居吵架，是为了妈妈把洗脚水泼到邻居墙上，爸爸一直给他们道歉还不行，就吵起来，后来就打起来。邻居家有三个儿子，四个人打爸爸一个人，正赶上妈妈犯糊涂，站在边上一直喊加油！我跟妹妹只会瞎哭。所以爸爸决定再生一个弟弟，谁知道又生了一个小妹妹。小妹妹因为得了妈妈不好的遗传，不能像正常人那样，怎么说呢，就是不够灵光，不够通透，有 10 岁了吧，还不会自己洗脸洗脚，还要喂饭，前面说了，爸爸一门心思用在我身上，一门心思要我上大学，家里的事情都不让我管，家里的事情都让妹妹管。妹妹才小我一岁，妹妹怎么那么懂事呢？妹妹怎么那么聪明呢？爸爸在想什么，她都知道，妈妈要干什么，她都知道。妈妈要尿裤子了，她也会知道。她会说，妈妈，你要去尿尿了。小妹妹也都是妹妹带去尿尿。家里要是没有这个妹妹就完蛋了，别人的妈妈一天会扫一次地吧，我们家的妈妈一个月也不会扫一次地。我也不是不肯干活，我也想扫地，但是爸爸不肯，爸爸说，你快去做作业，地让你妹妹扫。我也想洗碗，但是爸爸不肯，爸爸说，你快去做作业，碗让你妹妹洗。妹妹 5 岁就会扫地了，6 岁就会洗碗了，7 岁就会洗衣了，8 岁就会煮饭了，苦孩子早当家。我要是没有这个妹妹就完蛋了，起码我不能出来福州，我得留在家里照顾妈妈照顾小妹妹。因此我有报恩思想，我要努力挣钱，我最多一天干 17 个小时，我最多一个月挣快 4000 块钱。我给妹妹交学费买衣服，买手机买电脑，我自己还舍不得买电脑呢。我一个月给妹妹 800 块生活费，我自己还舍不得一个月花 800 块钱呢。我在供我妹妹上高中，我要供她上大学。

爸爸也知道应该让妹妹上大学。实际上爸爸早看出妹妹才是上大学的材料了。爸爸说，怎么两个小孩，一个这么会读书，一个这么不会读书，这怎么是好呢？妹妹就说，爸爸，姐姐是捡来的小孩，捡来的小孩太可怜了，当然应该让姐姐上大学。妹妹早早的就识大体了，可是当时我听了太难受了。为什么口口声声说我是捡来的小孩呢？不是说生不如养吗？我还没满月就进这个家门了，人家爸爸对我多好呵！自从我进这个家门的那天晚上，妈妈咬我的胳膊，我大哭起来，爸爸就让我跟他睡一张床，一直到初中，上生理课，回到家里，我对爸爸说，爸爸，我晚上不跟你睡一张床了。爸爸说，好好的，为什么呢？我对爸爸说，爸爸，我不是你亲生的，不能跟你睡一张床了。爸爸说，生不如养，我对你，比亲生的还亲。但是你长大了，最好不要和我睡一张床了，你跟你妹妹睡一张床吧。我和妹妹，白天在一个学校读书，晚上在一张床上睡觉，为什么要口口声声说我是捡来的小孩呢？而且，我实在是太不爱读书了。上小学也就算了，自己的名字总得会写吧。上初中也就算了，不上初中太对不起爸爸了。但是上高中我坚决不去！上大学我死都不去！我对爸爸说，爸爸，如果你硬要我去上大学我就死掉！妹妹就说，爸爸，如果姐姐要去死掉我也要跟着去死掉。妹妹还说，姐姐，我们怎么个死法呢？要不要去跳海呢？爸爸说，两个糊涂小孩，比你们妈妈还糊涂！你们以为死很好玩是不是？！告诉你们，我才很想死呢！但是我死了你们两个小孩怎么办呢？你们妈妈和小妹妹怎么办呢？我对爸爸说，爸爸，你只要不让我上大学，大家就都不用死掉了。爸爸听了哭起来，爸爸说，整个盐场的人都知道我要送你上大学，做人讲话怎么能不算数呢？我对爸爸说，爸爸，又不是你不肯让我上大学，我自己去跟盐场的人说清楚。

爸爸用自行车载我去盐场。我坐在自行车的后架上，两只手刚够抱住爸爸的腰，我把脸靠在爸爸的背上，觉得好幸福。我对爸爸说，爸爸，你什么时候载我去福州玩一下。海边风大，爸爸没有听见，我又大声说一遍。爸爸说，去福州，没想过，不去！我对爸爸说，爸爸，听说福州很好玩嘛，爸爸说，你听说的和我听说的不一样，我听说寄自行车要 1 块钱，我们这里才 5 毛。我还听说拉屎拉尿也要 1 块钱，太贵了。爸爸还说，去一趟福州花的钱，如果买盐，够全家吃一年了。爸爸什么都跟盐扯上关系。我太扫兴了，就不吭声了。爸爸可能觉察到了，就说，你想去福州还不容易，你去上福州的大学，就可以天天在福州了。爸爸什么都跟上大学扯上关系，我太扫兴了，就不吭声了。爸爸可能觉察到了，就把自行车停在路边，停在一个养鸭场的路边。爸爸说这个地方就是从前盐场的人捡到他的地方。爸爸说，别人是来捡废品拿去卖，我是来捡剩饭剩菜填肚子。爸爸说，端午节那天，一边下大雨一边出太阳，垃圾场太臭了，苍蝇满天飞，正在跟苍蝇打架，盐场的人经过，就捡啦。爸爸说，要不是被盐场的人捡了，还不知现在是死是活呢。我对爸爸说，爸爸，盐场的人捡了你，你捡了我，我以后也会捡一个小孩来养。爸爸说，捡小孩这种事要随缘，但是做人就应该这样，像盐场的人，对我多好呵！我也没办法报答他们，我只能对你好一点。我对爸爸说，爸爸，你对我多好我也会对你多好，还会更好，一定的！爸爸听了感动得哭起来了。爸爸说，怎么捡来的小孩会这么懂事呢？但是爸爸马上又说，现在懂事不等于以后懂事。现在这个社会太坏了，好好的小孩一进社会就学坏了。我对爸爸说，爸爸，如果我学坏了你会怎么样呢？爸爸傻了很久才说，会难过。有了这句话，我根本不敢学坏。我 16 岁来福州，到福州快 5 年了，福州这个地方也不是很清静，也有好多坏人坏事，我都不敢沾上边，我怕万一学坏了，爸爸会很难过。

盐场的人都很老了，老得就像老树皮，但是抓我的手都很有力气，可能是吃盐吃太多了吧，我的手都被他们抓青了，但是我不敢不高兴。爸爸叫他们王爸爸张爸爸林爸爸，爸爸叫我叫他们王爷爷张爷爷林爷爷，他们有的给我 5 块钱有的给 10 块钱。爸爸叫我给他们行大礼，他们说，等上大学的时候一起磕头吧。什么时候上大学呢？爸爸是一个很老实的人，脸色马上变得很难看。我对爸爸说，一人做事一人当，你不好意思说，我自己说。我说，王爷爷张爷爷林爷爷，我太不会读书了，我不想上大学。王爷爷张爷爷林爷爷听了马上表示支持。他们说，你爸爸太傻了，想上大学就能上大学吗？想当官就能当官吗？想当董事长总经理就能当董事长总经理吗？你才是聪明的小孩，什么事儿都要根据自己的情况做决定。爸爸说，我怕几个爸爸看不起我。他们说，端午，换了你是我们，我们是你，你会不会为这事看不起我们？爸爸说，不会！

爸爸用自行车载我去汽车站，我要去福州打工了。我坐在自行车的后架上，两只手刚够抱住爸爸的腰，眼泪流下来，眼泪流湿了爸爸的衣。爸爸说，女孩子就是爱哭。海边风大，我没听见，爸爸又说了一遍。我对爸爸说，爸爸，那个不叫哭，叫流眼泪。爸爸说，都一样。我对爸爸说，爸爸，不一样，流眼泪用眼睛就可以了，哭必须用眼睛和嘴巴。爸爸说，都一样，都是舍不得离开家。我对爸爸说，爸爸，我是舍不得你。爸爸说，都一样，我在家在，我要是不在了，这个家就保不住了。我对爸爸说，爸爸，我一挣到钱，都会交给你。爸爸说，挣钱不容易，还没学会挣钱，应该先学会省钱。钱就跟盐一样，用一点可以，用太多了不好。我对爸爸说，爸爸，钱是靠挣的，不是靠省的，就像盐场的盐，早上海水流过来的时候，想办法把它们留下来，让太阳晒一晒，傍晚就变成很多盐了。爸爸说，你说得有一点点道理。你这个小孩，怎么会懂得这种道理呢？我对爸爸说，爸爸，我还没有说完哩，爸爸，你千省万省，到底省了多少钱呢？爸爸说，有好几万吧。我对爸爸说，爸爸，你要把钱存到银行里。爸爸说，银行太远了，要用的时候不方便。我对爸爸说，爸爸，我看别人都存在信用社里，长利息。爸爸说，信用社那帮人，天天都在水煮活鱼。那点工资哪里够？我怕他们把我的千省万省的钱，拿去水煮活鱼。我对爸爸说，爸爸，你钱不敢放米缸里，昨天妈妈把你藏在米缸里的好几百块钱，拿去跟西红柿煮蛋汤了。海边风大，爸爸在哭我没听见，爸爸一边骑自行车一边哭我没听见，我是忽然感到自行车拐来拐去，叫爸爸，海边风大，他没听见，我用手摸一下爸爸的脸，整张脸都是眼泪。

爸爸用自行车把我载到汽车站。前面说了，爸爸是一个很小气的人，连自行车也舍不得寄，我和爸爸只能站在路边说话。寄自行车的人很不甘愿，走过来走过去，又走过来又走过去，说爸爸是一个他从来没有见过的小气的人。我实在听不下去了，我对爸爸说，爸爸，5 毛钱就给他嘛，有什么了不起。爸爸说，5 毛钱也是钱，你看就这样站一下，就省了 5 毛钱了，如果再多站一下，就省了 1 块钱了。我对爸爸说，爸爸，你这样算账是不对的，你站到明天后天也才省 5 毛钱。爸爸说，你说的是对的，但是 5 毛钱也是钱，5 毛钱也可以买半斤盐。爸爸什么都跟盐扯上关系，我太扫兴了。我对爸爸说，爸爸，那我走了。爸爸说，反正都要离开走的，你走吧。我对爸爸说，爸爸，我看你走了我再走。爸爸说，哪里有这样的？我来送你去福州，当然得看你先走。我对爸爸说，爸爸，那再见。我刚说完眼泪就像下大雨，这回我就像下大雨大哭起来。爸爸一手扶着自行车一手扶着我，爸爸也很想哭，但是汽车站人很多，爸爸不好意思哭。爸爸说，要不然不要去福州了。我听了这话就像吃了止痛片，我马上安静下来。我对爸爸说，爸爸，反正都要走的，我走了。轮到爸爸哭得像下大雨了。爸爸说，你到了福州，要打个电话报平安。我对爸爸说，爸爸，家里没有电话，打哪里？爸爸说，我去盐场等，打盐场吧。我对爸爸说，爸爸，你买个手机吧，我每天都给你打个电话。爸爸说，手机太贵了，打一次还要好几毛钱。我对爸爸说，爸爸，你那个钱，拿出来花吧。钱放在家里，越变越小了。以前一块豆腐 2 毛钱，现在变 1 块钱了；以前一个馒头 2 毛钱，现在变 7 毛钱了，我们吃亏吃大了。爸爸说，糊涂小孩，钱再变都不会坏掉，钱就像盐，世道再变来变去，谁见过盐会坏掉？盐不会坏掉，钱也就不会坏掉。家里有盐我才踏实，家里有钱我才踏实。爸爸说到后面都咳嗽起来了，我觉得我再说下去就会伤害爸爸的感情了，于是我对爸爸说，爸爸，你那个手机，就算我送给你的，你把我养到 16 岁了，我送你一个手机算什么？钱先欠着，我保证一挣到钱就还你。爸爸说，糊涂小孩，还没挣到 100

块钱就想花1000块钱，还不止！胆子太大了。我对爸爸说，爸爸，那怎么办呢？那要不然就算我对象送你的，我对象送一个手机算什么？钱先欠着，我保证我找到对象第一件事就叫他把手机钱给你。爸爸说，糊涂小孩，还没找到对象就想叫对象给你爸爸买手机，吓死人了，谁敢找你？！爸爸说得是呵！所以我来福州快5年了，我不敢轻易找对象。是呵！好对象哪里有那么好找呢？第一条，他好久以前就欠了爸爸一个手机的钱，他要还。第二条，他要接受我是爸爸捡来的小孩的事实，他还要接受爸爸是盐场的人捡来的小孩的事实。第一条第二条都比较好办。第三条比较难办，第三条，他要同意我供妹妹上大学，他还要支持我报答爸爸，照顾妈妈和小妹妹。第三条很难办，自己没有什么才华，又没有出众的身体条件，又没有一份收入很高的工作，一个做美容的，就像一只丑小鸭，谁会当你是白天鹅呢？

我是爸爸捡来的小孩，爸爸一手把我带大，爸爸的生活态度当然会影响我的生活态度。其实我一边在笑说爸爸是一个很小气的人，一边在跟爸爸比赛小气。我现在的水平跟爸爸差不多了，我再过去两年就会比爸爸更小气了。我来福州快5年了，东街口百货和大洋百货都没去过，听说里面的衣服随便一件都要好几百，贵的要好几千。我想起长这么大从来没见过爸爸买衣服，爸爸都是穿盐场的工作服，我哪里舍得买那么贵的衣服呢？吃饭也一样，我来福州快 5 年了，肯德基麦当劳没进去过，比萨也没吃过。我都是在小吃店拌面店对付一餐，我最多一次是和几个朋友去一个牛排馆吃牛排，AA 制，花了 40 多块钱，心疼了半个月。我想起爸爸连盐都舍不得多放一点点。我吃一块牛排够家里吃一年的盐了，我再不敢和朋友出去 AA 制了。朋友约我，我就推说哎呀我要加班哎呀我肚子很痛！时间久了，朋友也知道我小气，说我是一个很小气的人。自从被别人说成一个很小气的人，我就不觉得小气有什么不好了。挺好的！一个人要小气还真不是很容易，是对自己一种挑战。像爸爸，盐场就一点点工资，干到快退休了也才一千多一点，以前才几百，更早以前才几十，更早更早以前才十几块钱，爸爸要是花起钱来不眨眼睛，他怎么养这么一大家子？像有的人，像我的亲生父母，像爸爸的亲生父母，一点点的苦就受不了了，就把亲生的小孩拿去扔掉！我越想越觉得爸爸真好！爸爸的小气是对的，小气又不是自私。我也越来越小气了，我也不自私。像我这样胸无大志的人，人生的第一个目标是找一个能对爸爸好，能对全家好的对象。但是好对象可遇不可寻，算了，还是容易的先做先奔第二个目标吧。第二个目标是报答爸爸的养育之恩，帮助爸爸盖一座两层楼。先说为什么要盖房子吧。悄悄告诉你，因为我们家住的是从前生产队的牛圈。爸爸妈妈结婚的时候，正好生产队解散了，包产到户了，牛都牵去卖了，盐场的人给快下台的生产队长送了一麻袋盐，牛圈就给爸爸妈妈成亲用了。牛圈是有填了石灰，倒了水泥，抹了墙壁，但是可能牛粪没有清干净，家里经常会有牛粪的味道，硫黄的味道，稻草的味道，牛的味道。牛的味道也不像是一头牛两头牛的味道，好像有五头牛还是七头牛的味道。所以要盖就要盖两层楼，人住到楼上，那些杂七杂八的味道就不会跑到衣服上头发上身上了。悄悄告诉你，我小时候都不敢跟同学玩，怕她们闻到我身上的异味。我更不敢上同学家玩，主要是怕同学也要上我们家玩，我们家太那个了，我太自卑了。我到现在也还是很自卑的，我来福州快 5 年了，我也没有到过别人家，我也不会羡慕别人家，我看着满天满地的房子广告，说得比花更好看，我也不会羡慕，也不会嫉妒。为什么呢？因为我心里有一个坚定的目标，既然我都来福州了，无论如何我也得帮助爸爸盖个两层楼。我对爸爸说，爸爸，你到底存了多少钱？爸爸在电话里停了一下，说听不清楚。我又问了一遍，爸爸说，连你这两年寄回来的快有 10 万了。爸爸那是不好意思。其实爸爸太不容易了，有的人可能打一个晚上的麻将就花了 10 万了，有的人来美容院一年就花了 10 万了，可是爸爸是省了 20 年还省不到 10 万呵！我对爸爸说，爸爸，你太利害了！你 10 万块拿出来盖房子好不好？爸爸吓了一大跳，爸爸说，你说什么说什么？我对爸爸说，爸爸，10

万块盖二层楼肯定不够，算一下差多少，先找人借，我负责还。爸爸说，有 5 万的时候差 10 万，有 10 万的时候差 20 万，等有 20 万的时候可能得差 40 万 50 万了。我对爸爸说，爸爸，这就对了，中国人除了死，什么都得赶早。像盖房子的事，水泥、钢筋、石头、沙子、砖，都只会越来越贵，师傅和小工工资也会越来越请不起。爸爸说，你说的有一点点道理，你这个小孩，怎么会懂得这种道理呢？我对爸爸说，爸爸，我还没说完呢，我前几天在公共汽车上听广播，听到我们家乡在申请搞国际旅游开发区了，如果规划批下来，就不会让大家盖房子了。所以，爸爸，盖房子的事，一定要尽快。爸爸说，但是如果把 10 万块拿去盖房子，就没有 10 万块了，而且还得借 10 万块。爸爸在电话里大笑起来，爸爸那是苦笑。爸爸说，太好笑了，向谁去借 10 万块呢？借 10 万块又不是借 10 块，借 10 块好借，借 50 块 100 块都不一定好借，好意思向人开口呵！我对爸爸说，爸爸，盖房子是建业，借钱没什么不好意思的。像美国，向我们国家借了那么多钱，你看他们哪里有什么不好意思的样子。爸爸说，糊涂小孩，敢跟美国人比呵？人家美国人多骚呵！我对爸爸说，爸爸，美国人就是因为借了很多国家的很多钱才会那么骚，国内很多老板也是因为借了银行很多钱才会那么发达。如果他们也像你连盐都舍不得放，保证连 10 万块都拿不出来。爸爸说，你说的有一点点道理，你这个小孩，怎么会懂得这种道理呢？只是道理归道理，10 万块我是不会撒手拿去盖房子的。我对爸爸说，爸爸，那你 10 万块打算干什么呢？爸爸说，原来想让你上大学用，现在打算给你们姐妹当嫁妆。爸爸是很少叹气的，爸爸叹了一口大气说，你是捡来的小孩，捡来的小孩可怜，嫁妆当然得多给一点，给 5 万吧。剩下来的 5 万，你两个妹妹一个 3 万一个 2 万，究竟给谁 3 万给谁 2 万呢？哎呀手心手背都是肉，想想就睡不着就风火牙疼。我一边听着爸爸的心事一边掉眼泪，我想着这个爸爸，让我一辈子报恩不够的，下辈子还得报恩，但是我的当务之急是要让爸爸把 10 万块拿出来盖房子的，我对爸爸说，爸爸，钱就像铁钉，一大把铁钉抓在手上是没用的，一定要把它们钉在墙上，才有力量，才可以挂住东西。爸爸听了没有吭声。我又对爸爸说，爸爸，钱就像自来水，一水库的自来水归你都不算数，一定要把水龙头打开，洗脸洗澡洗衣洗地板，该干什么就干什么，要不然水库干涸了，一口开水都喝不上了。爸爸听了没有吭声。我又对爸爸说，爸爸，钱这家伙太坏了，专门欺负咱们穷人，见到富人就摇尾巴。我也实在没词了，一脸都是汗，手机很烫了，我对爸爸说，爸爸，电话里说不清楚，过两天就端午节了，端午节是你的生日，端午节我买一个安德鲁森蛋糕回家给你过生日好不好？爸爸说，糊涂小孩，买一个蛋糕可以买多少斤盐呵！买面包就可以了，也不要买面包了，买包子就可以了，也不要买包子了，又不是真正的生日。捡来的小孩哪里知道什么时候是生日呵？！一生中就这一天我放声大哭，为爸爸是一个捡来的小孩，也为我自己也是一个捡来的小孩，放声大哭。

2012 年 6 月 4 日

黄昏窗边

小夜曲

下大雨，下很大的雨。

唐棉今夜坐在被窝里吃爆米花，喝粒粒橙，看很烂的电视连续剧。

手机响。铃声是罗大佑的《滚滚红尘》，竹三枝的番号。

《滚滚红尘》滚了三遍四遍了，唐棉才接。

竹三枝：请问你是唐小姐吗？请问你怎么不接你崇拜者的电话？

唐棉：呵呵！什么事呢？

竹三枝：你人在哪里？

唐棉：在天上人间美容院。大雨太大了，你开个电梯来接我回家吧。

竹三枝:哈！不要撒谎了！我知道你在家里,快开门吧。

唐棉:那你呢?在哪里?

竹三枝:我听你的话，我开了一个电梯来到家门口了，你开门吧。

唐棉:才不!

竹三枝:报告老婆，我衣服全湿了，快感冒了。竹三枝在手机里像打雷打了一个喷嚏。

唐棉:开门可以，你给多少钱?

竹三枝:好意思！开门要钱，那么我给你开电梯，应该给多少钱?

唐棉:不是我自己要的。电视里正在教老婆怎么向老公讨钱。

竹三枝笑起来，你太笨蛋了，电视都是比你我还笨蛋的人瞎编的，你也会相信?

唐棉:对我有利我当然相信。

竹三枝:但是对我相当不利呵！为了我好，你快把电视关了吧。

唐棉:我没空。

竹三枝:在忙什么呢?

唐棉:在温电话煲呗。

竹三枝:谁这么无聊呢?

唐棉：你猜一下，猜中有奖。

竹三枝：奖什么呢？

唐棉：奖爆米花。不过都返潮了，难吃死了。

竹三枝：返潮有什么关系，明天另外爆一斤回来。

唐棉：我不要。我想吃85度面包。

竹三枝：可以，85度就85度。90度的我也可以给你买。

唐棉：很贵呵！

竹三枝：很贵也只是面包，又不是面包车。

唐棉：那要是我要面包车呢？

竹三枝：买！

唐棉：吹牛吧！钱呢？拿来。

竹三枝：钱是没钱，不过我有办法。

唐棉：什么办法？如果有好办法我就买好一点的车。

竹三枝：你打算买什么好一点的车呢？尽管开口，不要怕花钱。

唐棉：我要买一个宝马。

竹三枝：可以。什么时候买呢？

唐棉：明天也可以后天也可以。

竹三枝：那就后天吧。后天下午怎么样？

唐棉：后天下午我要去逛大街。后天上午怎么样？

竹三枝：后天上午我约了人，有一个世界500强……

唐棉：那就大后天吧。那为什么不明天去买呢？

竹三枝笑起来，明天我钱不够。

唐棉：你差多少呢？我也可以支持你一点。

竹三枝笑起来，你支持多少呢？希望多多支持。

唐棉：没问题。你不够的部分我来负责。反正宝马是买给我用的。

竹三枝笑起来，反正宝马是买给你用的，何不干脆自己买呢？

唐棉：那样我太没面子了。

竹三枝：那倒是。不过，如果你给自己买个宝马，再给我买个法拉利，情况就不一样了，那实在太大的面子了。

唐棉：你做梦！我叫老天爷打一个雷把你震醒！

竹三枝：其实买一个法拉利也要不了多少钱，听说才600多万美元。

唐棉：才？！你最好大声一点，600多万美元我要在小饭店洗几辈子碗？！

竹三枝：这个我要拿笔和纸算一下，你快开门，我马上帮你算一下。

唐棉：何必那么麻烦呢！你直接写支票吧。你买一个法拉利，我也买一个法拉利，钱你先垫一下，等月底老板给我发了工资，我一回家就还给你。

竹三枝笑起来，你说什么我没听清楚，你最好快开门让我进去，当面说当面听。

唐棉笑起来，有些话当面说不好意思，在电话里说特别有意思。

竹三枝笑起来，你这个人特别好玩。

唐棉：像我们这种人，可惜呵！就是钱太少。要是钱多一点，一定更好玩。

唐棉：不过有什么关系呢？钱是很少，但是我们照玩不误。

竹三枝笑起来，所以我说你这个人特别好玩。

唐棉：你有没有爱我呢？

竹三枝笑起来，你说呢？

唐棉：我看没有。

竹三枝：那就没有。

唐棉：那不行。

竹三枝：糟糕了！老公公不爱老婆婆了。

唐棉：今天中午在小饭店，有一个人说他太倒霉了，说他家里不让他经常换老婆，他只好经常换手机。

唐棉笑起来，我没问题，你随时可以换老婆。

竹三枝：会被家里骂死的。

唐棉：骂又不会痛。又不在眼皮底下。骂又不会痛。

竹三枝：骂是不会痛，但是最近心里烦死了。

唐棉：什么事呢？

竹三枝：家里的隔壁是村干部。干部的家的天井的龙眼树伸长到咱们家里的天井里，小侄子不懂事摘了几个龙眼，被干部家的电子眼看到了，咱们家里炒菜的锅被砸了第三口了。

唐棉：×××！

竹三枝：所以家里骂死了。说培养到大学毕业好好的报社记者不当，害得家里被干部欺负。乡下就这样，一蟹吃一蟹，搞半天干部怕记者。

唐棉：那我跟你回乡下好了，你当记者，我当干部，看谁还敢欺负咱们家里。

竹三枝笑起来，唐棉，我就是喜欢你会异想天开，你太会异想天开了。我前面那个老婆什么都会，就是不会胡思乱想。

唐棉笑起来，前面说是异想天开，后面说是胡思乱想，到底是什么来着？

竹三枝：反正就一个意思，我挺喜欢你的。

唐棉：喜欢不等于爱呵！到底是喜欢？还是爱呢？

竹三枝：反正就一个意思，我跟你一起生活挺好的。

唐棉：但是你刚才说了你心里烦死了，所以我为了不让你心里烦死了，我决定跟你回家当干部。

竹三枝笑起来，你又来了，你太会胡想了。

唐棉：干部都是人当的，女干部都是女人当的。我虽然没有学历，但是我有能力。

竹三枝笑起来，我跟你生活三年多了，我还不知你有当干部的能力，说来听听。

唐棉：我……你看我这张脸这么好看，胸部够大，腰细，屁股交代得过去……我要是肯放下自尊心，保证可以当上女干部。

竹三枝笑起来，哎呀太好笑了！什么叫屁股交代得过去？来，说来听听。

唐棉：钱拿来！拿买两部法拉利的钱来就告诉你，什么叫屁股交代得过去。

竹三枝笑起来，忘了告诉你了，我现在就是可以提拔你也可以不提拔你的大领导了。你打算怎么让我下决心提拔你呢？

唐棉：我撒娇。

竹三枝：撒娇不够。家里的老婆也很会撒娇，我都快受不了了。

唐棉：那我眼睛放电。

竹三枝笑起来，对不起。我近视，看不见。

唐棉：我可以坐得离你近一点，我可以风骚一点。

竹三枝笑起来，你怎么风骚一点呢？请你说具体一点。

唐棉：第一，我人还没到，胸部先到，让他留一个好印象。第二，跟他握手的时候，我手要软绵绵的，他越握越紧，我就越来越不好意思。第三嘛……还没想好，见机行事。

竹三枝笑起来，你那个哪里叫风骚？叫受惊的小白兔还差不多。风骚嘛，就是要主动进攻。

竹三枝笑起来，像上午我去郊区一个富人区，保安根本不让进，就有一个很风骚的女人用车子把我运进去，我一坐进车子她就大胆进攻，先说：喂！爆米花的，你会换灯泡吗？还没等我回答，她又说：喂！爆米花的，你想不想“换妇”呢？

唐棉笑起来，然后呢？

竹三枝：然后我在她家镀金的马桶尿了一泡。她在外面说，喂！爆米花的，你怎么要尿这么久呵？我在里面说，我前列腺有毛病呵。她在外面哭起来，说这个房子风水太不好呵！她丈夫一搬进来就前列腺有毛病，她找了几个人来换灯泡也都前列腺有毛病呵！

唐棉：你有没有毛病，我检查一下就知道。

竹三枝：我真金不怕火炼，假金不敢回炉。你开门！

唐棉：在开门之前，请你按规定交一点检查费吧。

竹三枝：我没钱。要命有一条。

唐棉：没钱就算了。去筹钱吧。我去找一个有钱的来。

竹三枝：谁呢？

唐棉：电视里有一个大款，长得有点可以当第三者。

竹三枝：电视里要是没有第三者，那电视怎么看得下去呢？

唐棉：电视里正在下雨，下好大的雨。有一个第三者被第二者甩了一个耳光，冲到大雨中了。

竹三枝：10个电视剧有9.5个是这样编的。太笨了。

唐棉：如果你找第三者我也要甩她一个耳光。

竹三枝笑起来，如果你找第三者我也要甩他一个耳光。

竹三枝笑起来，你刚才说电视里的第三者，是男的呢还是女的呢？

唐棉：我忙着给你打电话，忘了看是男的还是女的了。

竹三枝笑起来，我一个走街爆米花的，怎么会有第三者呢？

唐棉笑起来，我一个小饭店的洗碗工，怎么会有第三者呢？

唐棉笑起来，不过你对自己要有信心，春天到了，桃花开了，你的桃花运到了。

竹三枝笑起来，那我不用给你买法拉利了，把桃花运送给你如何？

唐棉：我不要。

竹三枝：那你快生日了，你生日我送你什么好呢？送个桃花运多好呵！

唐棉：你送几句真心话吧，像去年那样写在破报纸的边上，站在床上大声大声念给我听。

唐棉：我宁可过苦苦的日子，我喜欢跟别人不一样的生活。

竹三枝：今年和去年毕竟不同，真心话也要与时俱进。真心话是我已经出来三个年头了，已经换了四座城市了，没有混出个名堂。

竹三枝：我们太爱自由了。哪里有什么自由呢？电话欠费了就会被停机，房租交不起了房东就会来赶人。

唐棉：有没有后悔跟我呢？

竹三枝：没有。但是如果你一后悔，我肯定也会后悔。

唐棉：为什么呢？

竹三枝：因为你比我勇敢，坚定，不怕困难。女的都比男的勇敢，坚定，不怕困难。

竹三枝：像以前的女地下党，说不投降就不投降。像现在的女贪官，说不认罪就不认罪。

唐棉笑起来，你这个大笨蛋，要夸我的，夸到女贪官身上了。

竹三枝笑起来，东扯西扯，牛头不对马嘴，这不都是向你学的吗？

唐棉：好啦，你再说几句好话我就让你进来了。

竹三枝：哪里有这样向人家讨好话的？

唐棉：怎么没有，现在的人都很无耻，都是自卖自夸。

竹三枝：那你自己夸自己吧。

唐棉笑起来，我自己夸自己怕你听了会肉麻，我为了不使你肉麻，决定还是由你来夸我。

竹三枝笑起来，太无耻了呵哈呀呀！

唐棉：今天我们老板娘夸她的拌粉干拌面拌得好，老板马上夸他的醋熘白菜醋熘土豆丝熘得好。那实事求是还是老板娘的手艺好，花生酱也比往常搁得多，老板一看情况不对，也赶紧往白菜土豆里多放醋，这自然是没法吃了。

唐棉笑起来，老板马上做出反应，今天吃醋熘白菜醋熘土豆丝的客人坐这边，今天不收钱！老板娘也马上做出反应，今天吃拌面吃拌粉干的客人坐那边，今天不收钱，吃拌面的还送一个卤蛋吃拌粉干的还送一个卤鸡爪。老板也马上做出反应，今天谁说醋熘白菜好吃的送墨鱼炖罐说醋熘土豆丝好吃的送猪肚炖罐……事情闹大了，120 都过来了。

竹三枝笑起来，是应该 110 吧。

竹三枝笑起来，你看这就是爱听好话的代价。

唐棉：但是听到好话很舒服呵！让你上全世界打探，谁不爱听好话？

竹三枝：那也得人家发自内心地夸你才是，哪里有你这样强求的？

唐棉：让你夸是看得起你。我们老板一夸我我就起整片整片的鸡皮疙瘩。

竹三枝：不是我吃醋，你那个老板，绝对对你色迷迷的。

唐棉：哈！快三年了也没见掉一个钻戒到我口袋里。

竹三枝：不是我吃醋，在他那种破破的小店里洗碗，洗几辈子他也不会给你买钻戒。

唐棉笑起来，那你呢？爆米花里会爆出一个钻戒吗？

竹三枝：你实在想要我就给你买。

唐棉：拿来！

竹三枝：你开门。不然我很快就要改变主意了，不给你买钻戒了。

唐棉：没关系，你尽快改变主意吧，你给我买法拉利吧。

竹三枝笑起来，我也不给你买法拉利了。我干脆给你一个银行，全部由你做主，你想买什么就买什么。

唐棉：可以。什么银行呢？工行还是建行？

竹三枝：你开门吧，我们坐下来好好商量。

唐棉：可以。不过你要先把法拉利开到楼下，摁三声喇叭，我打开窗，看见你手里挥着一大束红玫瑰，那样我就给你开门。

竹三枝笑起来，你好像吃了摇头丸了。你好像在做大头梦！

唐棉：那我不给你开门了。

竹三枝：那无所谓。

唐棉：下这么大的雨，那你怎么办？

竹三枝笑起来，此处不留爷，自有留爷处。我走啦！

唐棉笑起来，好呵！这么没出息，走吧！

竹三枝笑起来，凤凰落地变成鸡，当然没出息了。

唐棉：喂！不要自暴自弃呵！如果有人愿意投资，你有什么想法呢？

竹三枝：唐棉你太天真了，人家跟你开玩笑的你不要当真。

唐棉：这次这个人好像来真的。

竹三枝：这个人是谁呢？

唐棉：先不告诉你，这个人现在就在电视里。

竹三枝：是大领导吗？不会吧。

唐棉：先不告诉你。你不要一惊一乍的，年纪不小了，要稳重一些。

竹三枝：唐棉……你不会……你不会玩火吧？

唐棉：瞎想什么呀？

竹三枝：快开门！让我进去！

唐棉：你神经啦！

竹三枝：神经没神经，疯了！

唐棉笑起来，在一个破破的小饭店洗碗能认识个谁呢？逗你玩的，这么个傻瓜！笨蛋！

竹三枝：现在社会太变态了，到处都有女尸，你要好自为之。

唐棉：如果万一我当了女尸，你会不会哭？

竹三枝：那样……你活该！我不哭！

唐棉：如果我万一生了大病，你没钱给我治疗，我只好当了女尸，那样你会不会哭？

竹三枝：你不会那样的，我不用哭。

唐棉：那我不给你开门。

竹三枝：我走了。

唐棉：等等，雨这么大，你去哪里呢？

竹三枝：我去楼下尿尿。

唐棉：雨这么大，你有没有带伞？

竹三枝：没有，我刚才都淋湿了，这会儿都干了。

唐棉：那你为了要尿尿再去淋雨，太不合算了，忍一忍吧。

竹三枝：可以。我忍到膀胱破裂吧。

唐棉笑起来，我不会那么见死不救的，我会在你最需要的时候救你的。

竹三枝笑起来，现在就是最需要的时候了，再不救就是见死不救了。

唐棉：但是我看你还笑得有来有去的，不像膀胱要破裂的样子。

竹三枝：请问我要哭吗？请问你见我为了生活受了那么多的苦我哭过吗？

唐棉：这个真没有，你太勇敢了。为了奖励你，我决定给你开门。

竹三枝：呵呵！这么个大奖！快点开门！

唐棉：那奖状要不要弄一个呢？你稍等片刻，我赶紧弄个奖状。

竹三枝笑起来，你花样多多呵！快点快点！

唐棉："奖"字会写"状"字不会写。"状"字有没有一点呢？

竹三枝：我尿急！我管它有没有一点？！

唐棉：到底有没有一点呢？总不能写错别字吧。

竹三枝：有有有一点。你开门吧。

唐棉笑起来，好！我找一下拖鞋，然后马上给你开门。

竹三枝笑起来，但是你拖鞋找不到了对不对？

唐棉：天呵！天才呵！你全知道啦！

竹三枝笑起来，那当然，水平有剩。

唐棉笑起来，家里太没有什么东西可以找不到了，只好老是说拖鞋找不到了。

竹三枝：楼下那家水平也差不多。好几次看到那个男的站在门口，好像在找拖鞋。

唐棉笑起来，傻吧！你怎么知道他在找拖鞋？

竹三枝：他看我一下，捋一下头发，扶一下眼镜，眼睛就朝下四处看。

唐棉笑起来，他是嫖娼心虚。他是在等小姐上门服务。

竹三枝笑起来，怪不得刚才有个女的一起走楼道，香喷喷的，问我是不是707的，我太倒霉了，我怎么会说是807的！

唐棉：是不是长得让你很动心？

竹三枝：反正是女的，还好吧。

唐棉：骚不骚？

竹三枝：没试过我怎么知道？

唐棉：如果评一个年度女狐狸精奖，让你当主要评委，评给谁？

竹三枝：没试过我怎么知道？

唐棉：男人就是爱女人骚一点。我们老板说，如果我肯骚一点他就给我加工资，别人加100块我加300块。

竹三枝：那要问清楚是骚一天给300块，还是骚一个月才给300块。

唐棉：应该是骚一天给300块吧。

竹三枝笑起来，最好先问清楚，省得白骚一场。

唐棉：我看300块归你，你去问。

竹三枝：可以。你开门，我尿一下，我马上去问。

唐棉：算了吧，雨那么大，要问明天问吧。

竹三枝：就是。雨那么大，你把丈夫关在门口，太不像话了。还不快开门！

唐棉：我实在是应该给你开门了，但是我实在是拖鞋真的找不到了。

竹三枝：那拖鞋呢？

唐棉：地上太多德国小剪了。要是这么多的德国小剪，变成这么多的钱，就太好了。

竹三枝：那拖鞋呢？

唐棉：只找到一只，我没有拖鞋，我怕会踩到德国小剪。

竹三枝：我教你，像跳房格子那样跳过来，房间这么小，没几步。

唐棉：那不行。夫妻双方就像一双拖鞋，现在女方的这只在，男方的那只不在，我得赶紧找。

竹三枝笑起来，你开门，我帮你找。

唐棉：谢谢。

竹三枝笑起来，不客气，快开门。

唐棉：我自己找吧。你辛苦一天了，早点休息。

竹三枝笑起来，喂！你把我关在门口，我怎么早点休息？

唐棉：你有没有什么地方得罪你老婆呢？正常情况下她是不会把你关在门口的。

竹三枝笑起来，我钱太少，她太不满意了。

唐棉：这种老婆你还留着？还不赶快换掉。换一个！

竹三枝：好！换一个！

唐棉笑起来，既然你要换我了，那我何必给你开门？

竹三枝笑起来，唐棉你实在太会撒娇了，我要是有很多钱保证都给你。

唐棉：那你只有很少的钱就不都给我吗？

竹三枝：给！但是你得开门呵！

唐棉：马上给你开门。但是开门之前你得写个保证书，保证有很多钱的时候要给我，都给我。

竹三枝笑起来，我被你关在门口，我怎么写保证书？

唐棉：是啰！没纸没笔的，怎么写保证书？要不然这样，你写个血书吧。

唐棉笑起来，写血书比较有诚意，有点痛，比较不容易忘记。

竹三枝：我手机快没电了！我不跟你说了。

唐棉：我帮你换一块电池吧。

竹三枝：很好！快开门！

唐棉：不用开门。门缝这么大，拳头都可以伸出去，从门缝里传出去。

竹三枝：我手机欠费了。我不跟你说了。

竹三枝笑起来，白天辛辛苦苦挣来的钱，到了晚上全捐给中国移动通信了。

唐棉笑起来，也可以捐给联通，也可以捐给铁通嘛。

竹三枝：也可以存银行，也可以买彩票嘛。

唐棉：我没兴趣。我就是爱听你在电话里的声音。

唐棉：你再说一句，说什么都可以，说晚上好也可以，说晚安也可以，说了我马上开门。

竹二枝笑起来，好！雨停了。

2012 年 5 月 25 日

黄 昏

梅花弄

唐家的汪梅花出现在电视上，背景是唐家的黄瓜地。

黄瓜地里黄瓜正翠，黄瓜花儿正开，蜜蜂正吱吱嗡嗡地叫。

唐家的汪梅花摘了三条黄瓜，塞一条给摄像，塞一条给记者，摄像、记者都没接，汪梅花也不客气，一边啃着黄瓜一边说，我昨天晚上没吃饭，只喝了一瓢水；今天早上喝了一碗米酒；中午的饭烧焦了，连猪都不吃。我心情很不好，一方面恨他唐三桂是个昏君加暴君，又昏又暴！一方面念及他是三个小孩的爹。一夜夫妻百日恩，做了十几年夫妻了……汪梅花说不下去了，眼泪大得像刚刨出泥的土豆，汪梅花用手中的黄瓜拨一下，第一批土豆掉地里了，第二批土豆马上又长出来。这时候，她，唐家的汪梅花满脸都是土豆地说，他唐三桂实在太坏了。他唐三桂比陈世美还坏！陈世美都没有亲自动手打秦香莲，他唐三桂亲自动脚踢我汪梅花！屁股呵，腿呵，肚子呵，想踢哪里就踢哪里，哪里肉多就踢哪里，像踢足球一样！有一次我被他从饭厅踢到厨房又从厨房踢到猪栏里，他唐三桂敢说是“传球过人”！还有一次我坐在门口剁猪菜，他唐三桂一脚把我踢到池塘里，他敢说是“射门”！他还夸他自己是什么马什么东西（马拉多纳），是国脚。屁！我看他是猪脚！他唐三桂穿44号的大头猪皮鞋，他一脚把我踢到池塘里，他的一只大头皮鞋也跟着掉到池塘里了。池塘水很深，我全身湿得像一只鸭子。池塘里养了很多浮萍，我的头发鼻子牙齿里面都是浮萍，衣服也沾满了浮萍，我变成了一只绿毛龟。我连滚带爬才挨到塘口，他唐三桂不但不看在十几年夫妻的分上拉我一把，他还拿一根放鸭子的竹竿来赶我，逼我替他捞鞋。他的大头皮鞋，是他前年生日的前一天，我卖了一箩筐鸡蛋、一箩筐鸭蛋，凑钱给他买的。当时我就告诉他说，唐三桂你左边的皮鞋是一箩筐鸡蛋，右边的皮鞋是一箩筐鸭蛋，你要小心一点穿爱惜一点穿。他这一踢不但把一箩筐鸭蛋全踢破了，我的心也被他全踢碎了。我站在池塘里放声大哭，我想还不如死了算了，淹死算了。

我就像躺在床上那样躺到水里，嘴巴张开，水面上很快就冒泡泡了，我已经灌了很多水了，我的肚子已经涨得像磨麦子的磨了，可是我都死不了，因为我会游泳。他唐三桂也知道我会游泳，所以他管都不管，这时候三个孩子放学回来了，都跪在他面前求他救我，他就当没看见。他还说什么男人四十一枝花，女人四十豆腐渣。说我汪梅花都快成豆腐渣了还不赶快死了算了，还赖在这个社会上拖累他真不要脸。他还说我要是能赶在天黑之前死掉就太好了，他明天一早就把我埋了，后天他就去县里找个新老婆。他还叫三个孩子现在就跟我划清界限，跟他好不要跟我好，要不然等他找到新老婆了，新老婆要是打他们他就当没看见。三个孩子听到他唐三桂要找新老婆哭得像一群羊，他们一边哀哀地哭一边哀哀地唱：世上只有妈妈好，有妈的孩子像个宝……没妈的孩子像棵草，离开妈妈的怀抱，幸福哪里找……孩子哭我也哭，总不能让小孩有后妈没亲妈，我只好哄着自己爬起来。这时候我的肚子已经胀得像个大水缸了，我就像扛着一口大水缸，从村头挪到村尾，才找到一头牛。村里的人都进城打工了，田都没人种了，牛也没人养了。我虽然肚子胀得像个大水缸，还得自己爬到牛背上。老三摁着牛鼻子，老二踩着老大的肩膀爬到我背上，我趴在牛背上抱着牛脖子，他趴在我背上抱着我的脖子，就像马戏团在演戏。水从我的嘴巴鼻子里喷出来，眼睛也喷水耳朵也喷水，小便的地方也喷水大便的地方也喷水，水像水库里的水流都流不完。老二没力气了就换老大，老大力气大，压得我连胆汁都吐出来了，还跟着吐了一溜子青蛙。他唐三桂一听说我肚子里有青蛙，就闹到村委会，说我这次会生一群青蛙，下次保证会生一窝兔子。他坚决要离婚！我的三个孩子当场作证，说我吐出来的是小蝌蚪，不是青蛙。他唐三桂听了闹得更凶了，说有的蝌蚪会长成青蛙，有的蝌蚪会长成癞蛤蟆，既然肯定不是青蛙那就一定是癞蛤蟆。他说他一个堂堂小学毕业生怎么可以和癞蛤蟆娘娘吃住在一起？我气得手一直发抖，说明明是小蝌蚪，你硬是说成青蛙，说成青蛙还不够，还要说成癞蛤蟆。就算真是癞蛤蟆，还不都是你惹的祸？要不是你一脚把我踢到池塘里，我装五谷的肚子怎么会装那些古怪东西？！他唐三桂看村委会的人都明显支持我，就换一种说法，怪我怎么这么不经踢，以为要踢两次的，没想到踢一次就成功了。现在才三十多岁就这么不经踢，踢到五六十岁不是踢到太平洋大西洋吗？所以想来想去，为了我好，还是要离婚。村委会的人看他实在不讲道理，就由村长宣布三条决定：第一要他唐三桂给我赔礼道歉；第二要他唐三桂买几包葡萄糖给我补养身子；第三不许他唐三桂再跟我汪梅花提离婚。他唐三桂根本不服从，说新来的县长也姓唐，一笔难写两个唐，他要告到县长那，还说国务院和党中央都有人姓唐，他也要告到国务院党中央。村长说唐太宗也姓唐，要告还不如告到唐太宗那里。他唐三桂眼睛都发亮了，问唐太宗在哪里办公？村长说在唐朝。他马上向村长要唐太宗的手机号码。村长就给他一个邮政编码。他就跑到杂货店一遍一遍地挂电话，挂不通，电话里老是一个女的说：你拨的号码不在使用中，请询问114再挂。他唐三桂找不着唐太宗就回家跟我闹，说我和村长串通起来骗他，他说着说着说成我和村长私通。我汪梅花怎么会和村长私通？我连撒娇都不会连笑都不会笑！自从嫁给他唐三桂不到半年我不会撒娇不会笑了。一个女人笑都不会笑，撒娇也不会撒娇，一个村长怎么会要她？可是他唐三桂说这是表面现象，说我不会笑是心中有鬼，不会撒娇是假正经。揪着我的头发说他的政策跟党的政策一样，坦白从宽抗拒从严。政策刚宣布就甩了我两个耳光，我流了很多鼻血，牙齿掉了一颗，左边的脸跑到右边去了。孩子看我可怜，就动员我离婚。我说离婚了你们跟谁？三个小孩都摇摇头说不知道。我说靠我一个女人家养不起，丢给他更靠不住。把你们折成两份，手心手背都是肉，我拿大份还是拿小份？三个小孩哭成一团，老大说他去鞭炮厂做童工，老二说他去养鹌鹑，老三说他去放鸭子。我先问老大，鞭炮厂年年炸死人你不知道啊？你找死啊！我又问老二老三，都不想读书啦？他们态度很坚决，说不读书啦。我态度也很坚决，说不能不读书，再苦也得读书，不读书就没文化。像他唐三桂，一个小学毕业生整天喊“堂堂”，走到哪里都堂堂。呸！我都替他脸红。我说你们都给我记住：老大你要读到初中毕业，老二你要读到高中毕业，老三你太瘦了你最好要读到大学毕业。我这不是爱面子，我最好是三个小孩都书读多多的文化多多的，一个当老师，一个当干部，一个由他爱干什么就干什么，反正就是不用整天在地里干得背驼驼的。像他唐三桂，被太阳晒中暑了骂老天爷，被雨淋湿感冒了骂老天爷，挑粪掉进粪坑里骂土地爷爷，走路不看路撞到电杆树上骂土地爷爷……两位爷爷骂完了就骂老婆、孩子、猪、鸭子、鸡、老鼠，见什么骂什么。有一个晚上老鼠跟他对骂，比他还大声，他输了就把床头的尿桶踢破了。还有一个早上，喜鹊在窗户外面的龙眼树上叽叽喳喳叫，谁都知道喜鹊叫喜事到。可他唐三桂一口咬定那是麻雀。麻雀就麻雀吧，有什么关系。他不肯，拿起刚出锅的还很烫手的芋头就扔，芋头扔完了就扔装芋头的碗，喜鹊看他唐三桂像个二百五，飞走了，再也不来了。没文化就这样，少一根脑筋。有文化的人就会东想想西想想，那个喜鹊为什么早不叫迟不叫偏偏那个时辰叫呢？他唐三桂不是买了几年彩票了吗？连一毛钱也没中过。本来观音菩萨要让他中个头奖的，天没亮就派喜鹊从后门来通知他。可是他哩，把喜鹊当麻雀，还拿芋头扔喜鹊，喜鹊回去一汇报，观音菩萨气死了，这种人，好心当作驴肝肺，不管他啰！穷就让他去穷吧！再说老鼠的事，也是没文化想不开。那老鼠算什么？连畜牲都不是，跟它吵什么吵，买包老鼠药给它吃个饱得了。老鼠药一包 5 毛钱，踢破一个尿桶去掉 15 块钱，脚趾甲还踢掉一大块，痛得半个月不能下地干活。是不是不会做算术？还堂堂小学毕业生哩！呸！要说也怪我自己瞎了眼。当年媒人上门提亲，手上摞着一叠照片，别人都是一寸两寸的黑白照，除了一个头就是一段脖子。他唐三桂是彩色照片，人高高大大的，长得像一棵松树，穿西装，扎领带，脚上蹬个旅游鞋，西装小口袋里还插了两只钢笔。我看我们村那些干部，都才插一支钢笔，他插两支，我就想这人一定很有文化，我就是因为他唐三桂插了两支钢笔才找他的。结婚以后才知道那两支钢笔都是照相馆的，其实他连自己的名字都写不清楚。他唐三桂的桂字的那一边明明是四横他老是写成三横。说他他还不服气：说名字是自己的，爱怎么写就怎么写，高兴就写成五横，不高兴就写成三横，看公安局敢不敢来抓他？我说正好！公安局快来抓他了。他问为什么？我说婚姻法规定不能打老婆，他唐三桂天天打老婆。他说公安局在县里，天高皇帝远，他们怎么知道他会打老婆？再说公安局的人也都有老婆，他们自己也打老婆，怎么好意思管别人打老婆？我说要是公安局来抓他，就是我汪梅花告状告成功了。我三个月写了三万多字的文件，不会写的字就空着，等小孩放学回来教我。我写着写着，识了很多字了，我现在眼睛闭起来，脑袋里就出现很多字。我现在比他唐三柱有文化多了，我还懂点法。我告诉他宪法规定年满18岁就享有公民权，公民和公民是平等的。男公民是公民，女公民也是公民。他唐三桂是男公民，我汪梅花是女公民，所以我和他是平等的，他打我是不对的。我还告诉他婚姻法第46条规定，婚内暴力导致对方伤害的，可以要求赔偿。意思就是他每打我一次就要赔我一次，我也不要他赔很多，羊毛出在羊身上，打一次赔5块钱就可以了。一年365天，我至少有300天挨打，十年打了3000次，打了十二年多快十三年了，哇！再打两三年就够盖一座两层砖瓦房了。他唐三桂听到婚姻法叫我找他赔钱，很生气，饭吃一半不吃了，说什么婚姻法，一听头就昏。又问我婚姻法是谁定的？我说是政府定的。他说如果是政府定的就算了，跟政府没什么好计较的。如果是哪一个私人老板定的，下次赶墟碰上了，一定要好好打他一顿。听听！连写婚姻法的人都敢打，是不是打老婆打习惯了，就像吃饭吃习惯了，睡觉睡习惯了。我说唐三桂呀唐三桂，自从我嫁到你唐家十几年，我被你打了十几年，除了两边的胳肢窝，我身上的每一寸土地都被你锄过了。这次公安局要是没有把你抓起来，我这辈子就是白白被你打了。可是要是公安局把你抓起来，我又得屁颠颠地跑去监狱探亲。俗话说嫁鸡随鸡，嫁狗随狗，嫁给狐狸满山走。我总不能眼睁睁地看你在监狱里饿肚子。听说里面一天只给吃七两米，哪里够吃！炒菜又没有放油，所以我得多带一些红烧肉。但是去监狱得转三趟车，等到那里红烧肉早冷掉了，冷掉的肉吃了容易拉肚子，监狱里看病又不方便。我说唐三桂呀唐三桂，还不如你现在赶紧给我赔个不是，保证以后不再打我了，我就不告你了。只要从现在开始你不打我了，我保证以后不告你了。只要你不打我了，我不告你了，这个家就可以好好过日子了。我多种菜多养猪多养鸡和鸭子，鸡和鸭子多多下蛋，支持你多买福利彩票体育彩票足球彩票，你多多中奖，先把违反计生的罚款交了，再把孩子欠学校的学费还了。如果还剩钱，再让你去买彩票，再让你中几个特等奖，几百万，上千万，钱多得数都数不过来，花都花不完。一家人都不用做农民了，到县里买个大房子，农村户口变成城市户口，煮饭用煤气，洗衣服用自来水。我爱逛街就逛街，我爱看电影就看电影，你爱睡懒觉就睡懒觉，你爱打麻将就打麻将，你爱下馆子就天天下馆子。我说唐三桂呀唐三桂，好日子就像蜜糖罐摆在你眼前，苦日子就像中药罐也摆在你眼前。你想想你被公安局抓起来，手上戴了两只不锈钢手表（手铐），人家叫你弯腰你就得弯腰，人家叫你下跪你就得下跪，人家要打你的脸你就得把脖子伸长来，人家想踢你的屁股你就得把屁股抬起来。我说唐三桂呀唐三桂，我想想你被抓起来，我的日子不好过，三个孩子也不好过，老师同学会看他们不起，他们回来就会对我发脾气。我呢，我去向谁发脾气？我去向猪发脾气，猪又不懂人的事。猪年头买回来养，年尾卖出去杀了。猪没感情，人有感情。就像他唐三桂和我汪梅花，做了十几年夫妻了，要是有别的办法我怎么会舍得公安局来抓他？我一想到他被关在铁笼子里，一天只能吃七两米，我的眼睛就泉水叮咚，我还不能当着他的面泉水叮咚，我就跑到黄瓜地里泉水叮咚，黄瓜知道我的心。每次泉水叮咚完了，我就回家给他烧红烧肉。三个小孩都很爱吃都说好香呵！我都不让他们吃，只让他一个人吃。他吃太多了就拉肚子。医生问他吃了什么？他说好几天没吃饭了，光吃红烧肉。医生说肉吃太多会高血脂高血压，要少吃肉多吃青菜。他回家就大骂我谋害亲夫，又跑到村委会闹离婚。这次没人帮我了，都说离了离了算了，跟这种人有什么好过的。我说谁批准离婚我汪梅花就喝完一瓶农药再用绳子吊死在谁家大门口。我说我不到18岁就进了唐家的门，现在孩子都三个了，离了婚我拿什么养孩子！我说我有娘家等于没娘家。我父亲得了青光眼，我母亲瘸着一条腿，我哥哥上深圳打工了，我嫂嫂跟一个开发廊的跑了。我说要不是摊上这样的娘家，他唐三桂天天打我不是天天找死吗？我说你们这些干部怎么当的，怎么只会破坏别人的婚姻？

我说年年交给村委会的这种钱那种钱都好几百块。那好几百块钱都不是他唐三桂的，都是我汪梅花卖鸡蛋卖鸭蛋卖黄瓜卖地瓜卖芋头卖大蒜头卖辣椒卖西红柿攒出来的，你们拿去喝酒了没关系，不过今天你们不应该破坏我和唐三桂的美满婚姻。村委会的人听了都大笑起来，说还美满婚姻哩哈哈哈哈哈……我说有婚姻总比没婚姻好。有婚姻我就有房子住，有房子住我就还人模人样，他唐三桂欺负我，但是外面的人不敢欺负我。村长就小声说，你可以改嫁嘛！我大声说，改嫁那么容易呵？万一碰上个比他唐三桂打得更惨的，回头我照样一瓶农药喝完了再用绳子吊死在你家大门口。村委会的人被我镇住了，就倒过来求他不要离婚好不好。他唐三桂马上尾巴翘到天上去，说这可是你们这些干部来求我的，可以是可以，不过你们每个人都得给我包个大红包。村委会的人没办法，只好每人给了他 10 块钱。他唐三桂得寸进尺，说村干部全部放过血了，叫我也得表示表示。我问他要怎么表示？他说他想到国外散散步，国外空气好，帮助消化。他还挑肥拣瘦，说日本鬼子多，日本就不去了，要去就去韩国。我说做你的白日梦！赶墟的时候早点去迟点回来就不错了。他说要不然新马泰十日游，我说做你的黄粱梦！他说他还可以退一步，去香港澳门七日游。我正要说做你的大头梦，他唐三桂一个拳头砸过来，没砸着，被村长的手接住了。村长用手把他的手拧到背后，一使劲，他唐三桂痛得嘴都歪了，大喊救命呵骨折啰！村长不理他，叫张三去拿根粗一点的棍子，叫李四去拿个大一点的麻袋，叫王二麻子去拿把杀猪刀。他唐三桂吓得脸都变成芥菜绿了，连着问了好几声你们想干什么干什么？村长这时候很像个村长，说，什么干什么，修理你呗！把你装进麻袋里，当足球踢来踢去，踢到你不会动了；再把你当糍粑，用棍子捣来捣去，捣到你不会动了；再用杀猪刀把你的手筋脚筋像剔牙缝那样，一根一根剔断掉。他唐三桂明明死到临头了还嘴硬，他唐三桂实在实在是太狡猾了，连村长都被他给蒙了，他说你们这么多人打我一个人算什么英雄好汉？我不服气！村长问，那你说要怎么样才算英雄好汉？他唐三桂说，你先把我放了，我才告诉你。村长真的把他放了，他马上又骚包起来。他说他马上到县里找公安局验伤，看他的手有没有被村长弄成残废。如果他的手残废了，他就用残废的手跟张三李四还是王二麻子打一架，如果他赢了他就是英雄好汉，如果他输了他也是英雄好汉。村长刚才还气他气得要命，这一下倒夸起他来了，他还拍了他唐三桂的肩膀，说他唐三桂是个人才，叫我不要跟他唐三桂这种人才一般见识。村长这个时候一点也不像个村长了，我心里气得要命，我想下次再选村长，我一定不会投他的票了，我谁的票也不投。他唐三桂明明比陈世美还坏，我汪梅花明明比秦香莲还倒霉，秦香莲碰上个包青天，我汪梅花碰上一堆肉包子！村委会这堆肉包子，村长这个大肉包子，谁不讲道理谁是狗他们这些肉包子就高高兴兴让谁吃个饱。我说村长，我就这次找你们了，下次不会找你们了。村长说，没关系，反正你们家不吵别人家也得吵。总是要有人吵一吵，要不然养了这一大堆干部，天天吃饱了没事干，到年底评比都不能当先进。我听了心里更气了，我说村长，我已经写了三万多字的文件告他唐三桂了，公安局已经快来抓他了。他唐三桂听到公安局快来抓他了，拔脚就想跑。村长看他恶人没胆，乘机吓唬他，说公安局要抓你你还敢跑，本来只要判三年的，现在要判五年了。他唐三桂就不敢乱跑了，可是他这个人实在是太狡猾了，比泥鳅还狡猾，比狐狸还狡猾。突然间，他像一个大钱包被小偷偷了那样鬼叫起来，说村长，快看一下公章还在不在你口袋里装着？村长赶紧摸一下口袋，点一下头，想想不放心又把公章掏出来放到嘴边哈了哈气。他唐三桂赶紧给村长敬了一支烟，他还给村委会的每个人都敬了一支烟。村长抽了他的烟，眼睛眯起来，下巴抬得高高的，说还不错，什么牌子的？他唐三桂很巴结地说，村长，是七匹狼。他唐三桂、村长、村委会的人加在一起正正好七个人，七个人都抽着七匹狼，呛得我一直咳嗽。他唐三桂看到我呛得一直咳嗽，不但不看在十几年夫妻的分上过来帮我拍拍背，还高兴得像中了头彩。他又给村长敬了一支七匹狼，他说村长呵，你说是不是——公章放在你口袋里，就像政府住在你口袋里。你没有写上“情况属实”，没有盖上公章，不要说告到公安局，我这个臭老婆就是告到美国，都没有人理她。村长呵你说我说的对不对？他唐三桂又说，村长呵其实还是我怕你，我那个臭老婆哪里有怕你？我每次闹闹闹都只闹到你这里，孙悟空再闹都没闹出如来佛的手掌心。我那个臭老婆就不一样了，你看她，才告一次就告到公安局，了不得呵！村长又抽了他唐三桂的七匹狼，又被他一口一个村长呵村长呵的叫得迷迷糊糊的，又被他挑拨过来挑拨过去的，村长的脸就一半出太阳一半下雨天了。出太阳的那一半向着他唐三桂，下大雨的那一半对着我汪梅花。村委会的人看到村长对我下大雨，也就跟着下大雨。有的说我这种人不懂得尊重丈夫，有的说我这种人不懂得尊重村长。有的说我这种人不能留在家里，有的说我这种人不能留在村里。我汪梅花明明有道理的，变成没道理了。有道理的人寸步难行，没道理的走遍天下。我说村长——我刚刚叫了一声村长，村长就像砍柴那样挥一下手，村长不让我说下去了，村长开始报复我了。村长说，你们他妈的两个狗屁夫妻都给我听着，我村长以后坚决不管你们家的闲事了。你们一个爱告状的尽管告，一个爱打人的尽管打！他唐三桂有了村长这句话垫底，高兴得嘴巴张大得像一口锅。他说臭老婆，村长的话你听见没有？！我说村长——我刚刚叫了一声村长，村长就像鞭炮掉进油桶里那样爆跳起来。村长说，是你是村长还是我是村长？！散会散会！！村长站起来就要关门关窗关电灯。我不让他关灯。我想我一回家肯定会被他唐三桂趁热打铁打个半死，我还不如留在村委会熬一夜，要挨打也留到明天再挨打。迟打总比早打好。村长看我不肯走，就亲自爬到桌子上，把灯泡拧下来，放到口袋里。村长这人也真是的，公章放在口袋里，灯泡也放在口袋里，糖果也放在口袋里，饼干也放在口袋里，连避孕套也放在口袋里。有一次开计生会，他坐在大灯泡底下刚说了一句妇女同志们，他就打了一个呵欠，他就手伸到口袋里抓出一把避孕套，他看也没看，就像剥糖果那样剥了一个就往嘴里送。大家都笑死了，他没笑，说你们他妈的笑什么笑，老子的烟钱都拿去买彩票了，老子只好随便吃点糖果解解乏。村长这人就这样，有的时候头脑很清楚，有的时候很不清楚。我说村长——我刚刚叫了一声村长，村长就像快刀切萝卜，我就像一棵大萝卜，村长切切切，每切一下都切在我身上。村长说，还不快走！这么黑咕隆咚的，你到底想干什么？村长又说，难怪唐三桂会打你，你要是我老婆，我照样会打你。村长又说，你以后不要叫我村长了，你眼里根本没有我这个村长。村长又说，你告也没有用，公章在我口袋里，政府就在我口袋里。公安局的人来，我就请他们吃狗肉喝黄酒，我就跟他们称兄道弟，我就跟他们说，唐三桂这个人很好，汪梅花这个人有点神经病。村长就是这样说的。村长这个人太小心眼，太会整人了。我说村长——我忽然间什么都不怕了，我也像砍柴那样用力挥一下手，我说村长，我汪梅花反正都一身臭大便了，我也不怕你再拉一泡小便了！说完我就要走人。村长以为我要去自杀，态度马上软下来，说哎呀有话好好说，不要动不动就想喝乐果，喝乐果又不是喝可乐，喝下去容易用肥皂水灌肠洗胃不容易呵，我大声说才不！我说村长，狗急了会跳墙，人急了什么事都干得出来。我说我要连夜去敲公安局的门，问他们什么时候来抓他唐三桂？我说村长，我汪梅花明人不做暗事，我也要给公安局的人说你太爱计较，聋聋瞎瞎，很不清楚，叫他们快点把你换掉。他唐三桂就在黑咕隆咚里替村长踢了我一屁股，说臭老婆！连村长都不知道公安局的门牌几号，你以为公安局是沙县拌面店呵？！我说村长，他唐三桂刚才又踢了我一屁股，我屁股都被踢歪了。村长太高兴哩，村长故意装傻，说没有呵！黑咕隆咚的，你们谁看到谁踢了谁的屁股了？村委会的人听到村长装傻，也跟着装傻。有的说，哪里有？有的说，没有呵！我说都说没有也没有关系，我可以到公安局验伤。我说村长，你拧一下他唐三桂的手，他就鬼叫鬼叫骨折了要去验伤。我汪梅花明明被他踢了一屁股，屁股都踢歪了，我可不可以也去公安局验伤？村长听了，气得快吐血了，这次他不光气我，也很气他唐三桂，说这两个短命的，想要验伤还不容易！张三张三，刚才叫你去拿根粗一点的棍子你拿来没有？给我各打个五十棍子，再用拖拉机拉到县里，你给他们拉到五一广场，你就回来。他们爱验伤就去验伤，爱告状就去告状，爱讨饭就去讨饭，爱抢银行就去抢银行。最好一进银行就被保安抓起来，用电棍敲个半死，他们就知道电棍比木头棍子利害！村长说完气呼呼地走了，村委会的其他人也走了，只有张三不敢走。张三家的拖拉机还是张三的老婆给村长说，哎呀张三天天晚上没睡好，想买拖拉机又买不起，村长就把公家的拖拉机折算 1000 块钱卖给了张三。过不到一个月，张三的老婆又给村长说，哎呀张三天天晚上说梦话，想进村委会都想病了，村长就让张三进了村委会。所以村长叫张三干什么，张三听都来不及。张三说，村长叫我把你们拉到五一广场，我就得把你们拉到五一广场。张三提都没提打屁股的事，可是他唐三桂像个二百五，说那村长叫你打她屁股你不打啦？我跳起来，说喂！有没有搞错？村长是说各打五十棍子，要打也得先打你再打我。张三这人还比较通情理，说我看村长是说气话，不要说打五十棍子，打个二十五棍子屁股就打成扁肉燕了。他唐三桂就拉拢他，说你打她打重一点打我打轻一点，多打她几下少打我几下。说完又给张三敬了一支七匹狼。这次张三没有受贿，说我不跟你啰嗦。

要去五一广场现在就去，天亮以后二环路就不能走拖拉机了。可是他唐三桂哪里有听村长的话？他根本就不想去五一广场。他吹牛说他想去国外散散步，其实他连个县里、连个五一广场都没胆去。他明明刚才还同意张三用棍子多少打他几下的，这会儿又说屁股没多少肉，都是骨头，经不起折腾，坐拖拉机还不如坐大巴，大巴有空调，还放录像，还发点心。我说张三，我汪梅花是真金不怕火炼，他唐三桂是假金不敢回炉。你别指望他会跟你去，还不如我跟你去，我们现在就去。张三就用拖拉机把我拉到五一广场。张三还借给我 10 块钱。张三走的时候还对我说拜拜。我就是觉得孩子是自己家的好，丈夫是别人家的好。随便哪一个人，张三、李四、王二麻子还是村长，都不会像他唐三桂那么不好，都不会踢我像踢足球。我一想到他唐三桂踢我像踢足球。我就想不管他啰！该出手就出手，该他唐三桂去吃七两米就让他去吃七两米吧。我就一路问一路找公安局。公安局在一条巷子里，门口站着两个卫兵，卫兵扛着枪，见到我就给我立正，敬礼，我也学他们的样子给他们立正，敬礼。他们收了我的礼，态度特别好，两个人一起问，老大娘，你有什么事？其实我也没有那么老，我也才三十多岁。我说我写了个三万多字的文件，不知道公安局的人收到没有？他们好像不相信，说你自己写的文件？三万多字？你带证件没有？我说我农民一个，农民哪有什么证件。他们就说对不起，没有证件不能进去。我说那我怎么办？我来一次公安局要坐三个多小时的拖拉机。他们就说老大娘，你运气很好，正好公安局在五一广场搞咨什么……询，叫我到五一广场去找。五一广场刚才还冷冷清清的，这会儿跟乡下赶墟没两样，有卖彩票的，有卖报纸的，有卖冰箱的。卖报纸的还送雨伞，卖冰箱的贵的送自行车，便宜的送电吹风。就公安局的摊位什么也没有卖，好多人干干坐在那，我壮了壮胆子，走上去说，公安局的同志们你们好！他们好像很高兴，说你好你好！！你有什么事？我说我写了个三万多字的文件寄给你们，不知道收到没有？他们就问我什么时候寄的？我说寄了一个多月了。他们就问我内容写什么？我说主要是写我丈夫，他踢我像足球一样。他们就说典型典型，很好的典型。又说你哪里的？我说我王屋村的。他们说哪个乡的？我说太行乡的。他们就大叫起来，局长局长！！你老家来人啦！局长就过来跟我握手，局长说他干公安干了几十年，年底要办退休了，还从来没给家乡的人民办过什么事，这次他一定要亲自办好这件事。他马上用手机叫部下查一下。部下马上回电话，说收是收到了，就是错别字太多，没有人看得懂。局长就问我能不能重新写一遍？我说局长，我三万多字就写了三个多月，那还只是过去的事。如果加上现在的事，最近的事，最少也得写个五六万字，五六万字至少也得写五六个月，我哪里能等那么久？局长听了就在五一广场走来走去走来走去。最后局长说，你要是信任我，你就先回去，我保证过几天，就没人敢打你了。局长这个人讲话太算数了，我昨天下午刚回来，你们今天中午就到了。局长这个人真是太好了，你们这两个人也真是太好了，叫你们喝点糖开水你们也不肯，叫你们吃点新鲜黄瓜你们也不肯……

苦水谣

黄水仙的娘家在郊区。一个很平常的星期天，娘家妈妈带着小孙子转了四趟公交车，先逛了西湖和动物园，然后步行 40 分钟来黄水仙家吃午饭。黄水仙的家成立十几年了还从来没有客人来过，心理上物质上一点准备也没有，慌得只会推着女儿说，快叫外婆快叫表哥！女儿不到 5 岁，瘦得像只小猫乖得像只小猫，她柔柔地叫了外婆表哥，外婆就给她一串福清光饼，表哥递给她一张月亮兔金卡。孩子和孩子容易熟，一会儿就到阳台上玩过家家的游戏去了，剩下黄水仙和她妈,坐在一张高一张低的椅子上,大声说话。

这时候黄水仙的丈夫黄阿原从单位资料室下班回来了。

单位就在隔壁院子。单位早已形同虚设。单位的人早已停薪留职，连单位的领导也去跑单帮了。只剩下黄阿原和一对石头狮子守着5个房间6万多册的图书。黄阿原每天上午8点钟准时上班，12点准时下班；下午3点准时上班，5点准时下班。他讲一个准时。他连星期六星期天也上班也讲一个准时。他上班干什么呢？看不完的书，查不完的资料，写不完的论文……呵呵！他的脚步声在楼梯上一响起，黄水仙就容光焕发地说“妈，他回来啦！”就奔过去开门。黄阿原因妻家严重地不赞成他们的婚事，自从结婚还没拜会过泰山泰水大人，倒让丈母娘先找上门来，心里有抱歉的感觉，就带补偿性质地叫了声妈！黄水仙的妈听了“半子”感情蛮充沛的称呼，前嫌顿时全忘了，阿原呀，本来全家都要来的，后来想，我先来看看。黄水仙赶紧说，妈，我和阿原正打算这一两天回家一趟的，你却来了。黄阿原皱着眉头，心想女人真是天生的爱撒谎，母女之间也来虚伪的一套。当然他还知道区别这是善意的谎言，便不见怪地换了话题，水仙，中午吃什么？黄水仙被这问题难住了，家里就一点豆腐……黄水仙的妈心里很不好受，站起来，水仙阿原，我和邻居一起来的，约好在东街口超市门口等，该走了。黄阿原不肯，吃过饭再走吃过饭再走，难得一来，咱们上饭店吃去！两个孩子耳尖，一听中午吃饭店家家不过了，高兴地跑进来叫爸爸叫姑丈，黄阿原让这对年龄差不多的金童玉女坐到他腿上，还用胡子扎他们，感觉上自己那种孤独灵魂去远行的状态消失了，或叫灵魂回来探亲了。黄水仙的妈没想到女婿居然也有很人情味的一面，不像道听途说的书呆子书癫子一个，心便放下一半，另一半只为这个家的穷了。这个家究竟穷到什么程度呢，黄水仙的妈眼睛一扫扫到黄阿原的脚上，这晴天大白日的，却穿着双齐膝的大雨靴子。黄阿原解嘲着说，刚刚好小偷和我一个型号规格，别人顺手牵羊他顺脚牵鞋……黄水仙跟着打掩饰，阿原头大脑大脚也大，44 号鞋子，买都买不到。黄水仙的妈太了解女儿的德性了，逞强，死爱面子，于是骂广大厂家商家唯利是图不管大脚男人小脚女人的穿鞋问题，顺便提到村里办了鞋厂，正在试产试销阶段，回去给阿原定做两双。黄阿原赶紧强调皮鞋还得皮鞋油擦，雨鞋只要雨水擦，大有这辈子只穿雨鞋了的英雄气概。黄水仙也从另个角度说，买鞋子必须亲自去试，不然 44 号搞不好才 43 号半夹脚。黄水仙的妈讨了没趣，她本来还想参观参观卧室呀家具呀电器呀厨房设施呀卫生间呀如何如何的，但提不起精神了，看客厅尚只有一个早被寻常家庭淘汰了的五斗橱，五斗橱上摆了个摇头晃脑的破风扇，五斗橱里装了些破书破杂志，饭桌也破得很可以，饭桌上的茶壶茶杯也破得很可以，彩电没有，冰箱没有，沙发没有，电话没有，做母亲的谁不是从这些层次不算高的物质条件来判断嫁出去的女儿生活得滋润不滋润、幸福不幸福的，明摆着她的女儿过得又穷又苦。黄水仙的妈联想到儿媳妇的娘家也又穷又苦，可一娶过来，吃穿不愁，不用下地，不用上班，不用带孩子，除了三餐洗几个碗，整天打麻将，真是神仙快乐。就说，你嫂子也要来看你的，走出乡里了，又被人追回去打麻将。黄阿原一听说主要社会关系里有人打麻将，这是他最不屑的事了，就带批评的口气，打什么麻将，浪费时间。黄水仙马上响应，打麻将不好，叫嫂子少打点。黄水仙的妈没料到在家里一贯霸道的女儿，出嫁没几年竟成了丈夫的应声虫，就冷笑道，不打麻将她干什么？我倒是很赞成她多玩玩。一个女人到这世道走一遭，能逍遥快乐不逍遥快乐，笨不笨傻不傻？！黄水仙听出是冲着她来的，也不肯忍让，妈！各人有各人的命，自己满意就行。黄阿原没有吵架的经验，拉起两个孩子，走走！吃饭去。

他们那地方是郊区，大酒楼没有，小饭店很多。店老板可能都是由菜农摇身变的，卫生程度尚在初级阶段，黄阿原他们像居委会干部似的依次评比过去，最后落脚在一家把唐伯虎写成唐白虎的饭店。胖秋香小川妹见贵客驾到，立即勒令一大群正在餐桌上开大会的苍蝇们散会散会！唐白虎果然牙齿很白，脸部表情也很白，他一眼就看穿黄阿原银子不多，长话短说来一只啤酒鸭如何？黄水仙的妈怕吃了这餐断了她女儿的下一餐，抢着问，多少钱？唐白虎眼白一翻，说今天还78块，明天就87块了。黄阿原说，可以。唐白虎乘胜出击，再来点什么？黄阿原问，你还有什么？唐白虎报一道菜，黄水仙的妈就否定一道菜，弄得唐白虎很不高兴，两个孩子更不高兴。后来由黄水仙拍板，再要了一个荔枝肉，一个太平燕，一个油豆腐，还给小孩要了一瓶“七喜”汽水。

买单时，黄水仙的妈要抢着买单。黄水仙说，什么话呀，妈，你把我养这么大，我吃了你多少奶水，你吃我一餐饭菜算什么？黄阿原也连声喊惭愧惭愧！黄水仙的妈觉得女儿女婿算有良心的，可以进一步沟通，就忆想当年，别人怀胎十个月，我怀了你十二个月，肚子大得像张圆桌，只能坐着睡不能躺着睡。黄阿原不信，太夸张吧，坐着怎么睡？黄水仙的妈眼睛瞪老大，我骗你干什么？接生是在家里接生的，羊水流了一桶，血流了半桶……黄水仙带哭腔了，妈妈呀，没办法报答你。母女都动了真情，当着黄阿原和两个小孩的面互相给对方抹眼泪。

送毕黄水仙的妈和小侄，回到家里，就看到桌上搁着只金灿灿的戒指，黄水仙拿起来往无名指上一套，正好，而且戒指非一般款式，左边是个福字，右边有一棵树，树上开了花，花的周围飞着两只富贵鸟。黄水仙认得那是母亲结婚的陪嫁品，是吕宋金，吕宋款式，家传上百年了，母亲如今为了她的穷决然脱下来……黄水仙强笑着问，阿原，我留下来好不好？黄阿原说，老人家的东西最好不要收，咱们也有两只手，凭自己去创造去收获才内心充实。黄水仙说，道理我懂，可是我最近有些顶不住了。别人的孩子都在学钢琴、小提琴、电子琴。咱们的女儿不比人家笨，就因了没钱，只能天天在墙壁上乱涂乱画。黄阿原开导她，不要赶潮流，特别不要利用孩子会点什么来满足大人的虚荣心。孩子还这么小，哪里是自己的兴趣，通常是大人严刑拷打出来的，没人性！再说一到上小学作业多了就扔了，前功尽弃。黄水仙说，不学琴可以。但我看别人的孩子都吃得胖乎乎的，咱们的孩子瘦得像只猫，幼儿园的老师提了几次意见了，问怎么不给她加强营养，血色素才几克体重才几公斤，影响班级创优。黄阿原听了挺不高兴，以后老师再啰嗦别理睬她。养孩子又不是养鸭子，胖有什么用？胖能说明有智慧吗？黄水仙说，可是阿原，我每天接送孩子从肯德基麦当劳纽约客门口经过，孩子看很多孩子从那出出进进的，吵着也要去，我挺难过，大人多受点苦没关系，让小孩受委屈……黄水仙的话被黄阿原打断了，你这样想是不对的，有出息的人小时候都受过苦，娇生惯养的孩子，长大了根本没办法在社会上立足。黄水仙把戴了戒指的金手放在唇边吹了口气，样子显得有点心不在焉，说，算了吧，享福的人永远享福，受苦的人永远受苦，像你像我，这辈子就这个样子了，什么哪一天会苦尽甘来，没任何迹象表明。黄阿原没想到那么坚定地崇拜他的妻子会打击他的孤高自傲，在今天中午以前，她一直很支持他在文化的边疆拓荒的呵！她什么时候开始持怀疑态度的？这种情况下，再对她描绘内心渴望的资产阶级名利是徒劳的，还是从实际生活出发吧，就问，水仙，米价又涨了是不是？黄水仙神思恍惚，没有呀，倒是鸡蛋和鸭蛋一个价了。以前说鸡蛋更有营养，现在说鸡关在铁笼子里养的傻，鸭子回归大自然聪明，所以大家都改吃鸭蛋了。黄阿原的最直接反应是，真正的知识分子就是要对常规的智慧持不同态度，如果别人吃鸭蛋你跟着鸭蛋，如果别人吃鹅蛋吃鸵鸟蛋你吃不吃？不是有人吃了毒蛇猛兽又吃毛毛虫吃蝎子吃蚂蚁还口口声声低脂肪高蛋白吗？总有人标新立异，总有人盲目随从。使黄阿原越想越坚决要做一个潮流文化的真正的反对派人物了。水仙！别人吃鸭蛋咱们吃鸡蛋，每天每人吃一个，必要的时候吃两个。黄水仙迅速算了一笔账，吃鸡蛋这个工程项目将占月收入的五分之一。黄阿原极扫兴，把我那份免了算了。黄水仙深情地看着他，那不行！你本来就用脑过度，还经常低血糖，现在又进入了冲刺阶段，要省就省我那份。黄阿原纠正她，还没到冲刺阶段，是攻坚阶段，离冲刺还有好长一段距离。黄水仙说，那就更应该保证营养，不然像陈景润，关攻下来但身体垮了。黄阿原说，我还得再纠正你一下，人和其它动物的根本区别在于，动物界信奉弱肉强食，人类则强调智慧和知识，我是特别看不惯那些四肢发达头脑简单的所谓的人，浪费能源！黄水仙没在社会上混过，不知道人类比动物界更凶猛更弱肉强食，她只是亲历了主妇生涯的穷苦滋味不好受，她不是在云里漫步而是在泥里踏步，她鼻子哼了一下，你也别看不起这个那个的，头脑简单省得买安眠药，四肢发达好赚钱，这年景连乞丐都发了，听说乞丐里涌现出好多大款，住宾馆，洗桑拿，吃西餐，还捐款给家乡办教育。当然也不是要你去当乞丐，你去给自行车打气！打一次气收5毛，10次收5块，100次收50块……但是现在很多人都不骑自行车了，一天街上有没有100个人骑自行车呢？好像没有。好像都在骑电动车。电动车好像都是在自己家里充电。那摩托车呢？以前那些很骚的摩托车怎么都不见了呢？那做什么好呢？对了！去停车场看车！东街口人如海车如潮，你去找关系，去找一块空地当停车场，你去看车，我也去看车，我们一起去看车，只要我们能搞一个停车场，难道我们会买不起鸡蛋吗？黄阿原笑一下，他臂膀一边高一边低，他眼镜一边高一边低，他扶一下眼镜自嘲道，我这样子人家会把自行车交给我打气吗？是不是越打气越没气呢？黄水仙也笑起来，自行车的事就算了，你堂堂一个知识分子，社会的中坚力量，怎么能站在大马路边给自行车轮胎打气呢？还是重点考虑怎么弄一个停车场吧。黄阿原一点信心也没有，说，停车场就更不靠谱了。你想想，你一直没工作，女儿没户口，原因嘛，历史原因，不说也罢。但是如果有关系有背景，会这样子吗会这样吗？！黄阿原苦恼地带强迫状地进卫生间尿了一泡，尿的射流既狂乱又冲动最后归于沉寂。黄水仙在外面等得不耐烦，阿原你好了没有？黄阿原懒懒地走出来，什么事？黄水仙说，里面黑乎乎的，我怕你站着站着就睡着了。黄阿原听出一种关怀，怕他想不开吧。水仙我没什么，反正这一生都在犹豫彷徨，都在探索和迷失，但是我开始不忍心你和女儿陪我受罪了，你们回娘家住去吧！黄水仙吓坏了，我刚才信口开河的，胡说八道的，请你不要计较，不要赶我走。黄阿原喉咙口堵得厉害，怎么这样理解呢，你跟了我连鸡蛋都吃不起，我愧为丈夫。黄水仙说，我心甘情愿不吃鸡蛋的，我不会后悔的。黄阿原说，将心比心，你还是后悔吧，后悔是正确的，不后悔是错误的。黄水仙在这个时候显出她性格里很倔强的一面，我的事我自己做主，不要你管，我爱跟你就跟你不要你管！虽然口气生硬态度野蛮，黄阿原听了还是很高兴的，我完全是为了你好。黄水仙并不领情，谁知道你安什么心，想当新陈世美吧。黄阿原脸上的晦色被老婆的撒娇差不多弄没了，当陈世美我不够条件吧？黄水仙设身处地替他想了想，确实差了点。黄阿原十分谦虚地请教道，主要是哪方面的不足？黄水仙也不客气，你几年如一日都在喊灵魂探险灵魂探险，也没见在报纸刊物探出个名字来，就算省长市长董事长的千金有耐心，她的爸爸妈妈早没耐心了。黄阿原说，我看这也是你的心态，你早没耐心了。黄水仙不承认也不否认，我正在学会等待。黄阿原说，你这就对了，做学问最忌浮躁了，你一急，我心情就无法平静，就不能专心致志，那种自由的锐气就消失了。黄水仙诚心诚意地对他赔了对不起，接着又敲了敲边鼓，那你估计什么时候才能成功呀？黄阿原不想隐瞒事实，事实是社会更倾向于对来日无多的英雄式荣誉式的人物的承认，如果他忽然被发现得了癌症，或者不会游泳却跳到江河里救人，他就很可能得到爱与同情。而他是探索生命的种种象征的勇士，他必将被许多许多的尝试和失败所困扰。那么就是说这辈子很可能是没戏的啰！黄水仙还从没有这样苍白无力地说话过。黄阿原完全被激情和害怕燃烧起来了，他呼吸短而急促，血液飒飒作响，水仙水仙你要是离开我我不会怪你……当时间的弥撒曲退为一片鸿蒙的背景，在夕阳之外，黄阿原听到黄水仙在他的身体底下满足但极其疲倦的声音，阿原，你让一下，孩子饿了，我该去烧晚饭了。

仕女图

王莲花的老爸有点会算预产期。别人都忙着批林批孔的那阵子，王莲花的老爸却整天在做算术，预产期：月数－或 +9 ／日数 +7（新历）或 +14（农历）。孩子如期生下来，在一个出水莲的凉风习习的夜晚，星星是淡紫色的，月是柠檬色的，莲花的脸如想象中之莲花粉粉的，盈盈的，不堪一触，所以叫莲花。姓王。

王莲花果然很对得起她老爸给她取的名字。从幼儿园升到硕士研究生，王莲花一贯是女孩子堆里的佼佼者，笑声比别人响亮，哭声比别人嘹亮，眼波比别人明亮，模样比别人漂亮。真不知那些如蜂如蝶者，怎么不来护花也不来惜花。明白一点说，王莲花从 0.1 岁发展到 20 岁，一张白条也没有收过。

王莲花的力必多就比较集中，也比较矜持。王莲花对那些在食堂在图书馆在游泳池的注目礼都不屑一顾。王莲花写信给她老爸：老爸老爸别瞎操心，我是不会看上那些小外甥的。王莲花把包括比她大三几岁的正在攻博士学位的男生统统叫成小外甥，说明她今后的婚姻路子，至少得找个大五七岁的。

5 和 7 的积是 35，5 和 7 的和是 12。我们就让王莲花找了个 35 岁、大她 12 岁的丈夫吧。这一年，王莲花 23 岁。

王莲花的先生也姓王，叫王立，职业画家，专画古代仕女，尤以画唐朝丰腴的无上装女为擅长。他的画只卖美元，持港币和日元登门求画的人都怏怏而归。他本人也只穿长衫、布鞋，只吃米饭、深海里多刺的鱼和不施农药化肥的青菜，只走路不坐汽车摩托车自行车，只睡床板不睡席梦思，只喝茶不喝咖啡，只骂人从不动手打人……他的这种资质特性好不好他的这些生活习性好不好呢？王莲花也曾犹豫不决过，她写信去问她老爸。老爸回信的大意是，孩子，我对你的期望值是很高的。我甚至希望你成为撒切尔夫人拉·甘地夫人贝·布托小姐昂山素季小姐，当然这是不可能的，那么你成为艺术家夫人吧！连王立看了此信也觉得过意不去，无限感慨地说，你爸爸真是爱女儿爱昏了头。

王莲花和王立之结婚，其一不进民政部门办理登记，其二不穿婚纱拍结婚照，其三不举行娶呀嫁呀吃呀喝呀的那一套。凭这几条，家有千金的各位家长肯定大摇其头，不成！这婚是坚决不能结的！可王莲花的老爸忍痛割爱同意了。王莲花的妈跟他斗争了三天三夜，说他慕虚荣，说他不为女儿严格把关，说他断送女儿终身幸福，说他枉为人父……王莲花的老爸冷不防大喝一声：头发长见识短鼠目寸光妇道人家懂什么是女儿的幸福？！王莲花的妈斗不过王莲花的爸，她只能在女儿的没有仪式的新婚之夜，隔着明月闭着眼帘倒在丈夫的怀里，边啜泣边忆想从前女儿在托儿所的时候怎样热爱布娃娃到了读高中的时候怎样不爱布娃娃了。王莲花的老爸也大伤感起来，说闺女大了是别人的啦！上五年级的时候还口口声声长大了保证要嫁给爸爸才没多久的事嘛！

现在王莲花的职称已经由王小姐晋升为王太太了。当王太太是很辛苦的。王先生只穿长衫布鞋，王太太穿什么才“派对”呢？王立很霸道很豪气地说，只允许你夏天穿丝绸缎子的冬天穿羊绒皮草的，款式要古典的要独一无二的要手工缝制的要我看了顺眼的，所以王莲花就经常没有新衣服穿。再说王先生只吃米饭不吃面条，只吃深海里的新鲜多刺的鱼，刺多的鱼嫩。王先生每次吃到新鲜的多刺的鱼，都会像可爱的猫欢快地哼叫起来，但王太太上辈子跟鱼有冤仇，吃十次有八次会被鱼刺弄得泪眼汪汪，还有一次上医院拔一根鱼刺手术费370.5元的光辉病史。而不施农药化肥的蔬菜可不好买到。王立说：我教你！你一定要见到青菜叶上有菜虫才可以买，菜虫越肥菜虫越多这菜的保险系数越大，万一一把菜里一只虫也搜查不出来，这菜就是毒菜了，不能买！王莲花从善如流，每天上午八时准时在菜农菜贩子的怪异表情中一摊位一摊位问过去：喂！你这菜长虫子吗？

再说王先生不肯使用交通工具，只走路，走路能从一座大中型城市的城南走到城北城东走到城西吗？走路能经常去看画展去看芭蕾舞剧听民族乐曲演奏逛精品时装屋参加沙龙聚会吗？王立眉毛扬起来，说为什么不行？你不要穿高跟鞋也穿布鞋嘛！王莲花便换了布鞋，平底鞋，可是从早上走到中午花容全失色了，才到达某条街，离他们要去的某条街还得穿越几条街。王莲花已经饿得要命了，就说：到肯德基吃份辣翅土豆泥再走吧。王立眉头皱着，山姆大叔的鸡哪有咱们的道口烧鸡符离集烧鸡好吃？王莲花说，那实事求是还是美国佬的炸鸡好吃，听说用了十二种神秘配方……王立便不高兴了，瞧你这么崇洋媚外！王莲花也不是非辣翅不可，见前面有家日本料理店就说，那我们改吃生鱼片好不好？王立一听是日本鬼子的东西，更生气了，说，去年是什么年你知道吗？去年是世界反法西斯战争胜利多少年中国人民打败日本鬼子多少年你知道吗？去年刚刚过去，今年刚刚开始，你就吃他们的东西，不嫌恶心？！王莲花不跟他斗一下气是不可能了，就顶撞他，那你怎么还用日本鬼子生产的电视机、录像机、影碟机、洗衣机、电冰箱、微波炉？剃须刀也是日本鬼子的，睡衣浴袍也是日本鬼子的，你干吗把房子也弄成日本鬼子式的？我看你连人都快变成日本鬼子了。王立听了大怒，我没你这样的老婆，专门揭丈夫的短，要是在“文革”期间，肯定可以靠打倒丈夫起家。王莲花更气，我没你这样的丈夫，专门找老婆撒野，要是在“文革”期间，没准会被你挂黑牌游街！跟着眼泪就流出来了鼻涕就流出来了。王立就摇头叹息，我十载寒窗无人问，一旦成名天下知的名气全被你扫光了啧啧啧！王莲花就问你酸不酸恬不恬知耻？你有什么名气不就是会画半裸体女人吗？王立气得脸都苹果绿了，我画女性是赞美女性何况我连模特儿都没用我完全凭臆想我什么恬不知耻？！王莲花听了便拍巴掌讥笑，你不是臆想是意淫，意淫的意思你该懂吧！王立忽然软下来，好啦好啦我不对好不好！你看很多人都在看我们的热闹了，我们快走吧！王莲花却得理不饶人，我没错，我为了陪你走路，脚都起血泡了，还饿肚子，还挨骂，我图什么？还不如嫁给农民，农民要是看到我脚起血泡，又饿着肚子陪他走路，一定会很受感动，扔掉扁担和两箩筐的谷子背着我回去。

王立说，对不起，我以前不了解情况误了你了，我看你确实符合给农民当老婆的条件我让贤了喂喂！！王立朝大街上川流的人群人喊，你们谁是农民要找老婆吗？王莲花在一群诧异的目光中捂着脸面上了一辆的士，的士扬长而去。王莲花这天晚上没有回来。隔天晚上没有回来。到第三个晚上王立挺不住了，打电话给市公安局的朋友，问 48 小时以内有没有女尸案？没有。那有没有强奸案？没有。那有没有人质案？没有。那有没有收容……公安局的朋友被弄不耐烦了，你他妈的是不是老婆丢了？！不是丢了是跑了，王立纠正道。会跑哪里去呢？分析一下，一般是赌气回娘家，二般是泡在哪位小姐妹家，三般是住宾馆酒楼了。反正现在女的都比男的心狠手辣，动不动就让你的一点积蓄一江春水向东流，公安局的朋友在电话里倾诉了家有恶妻的若干苦经。那一次为了他睡袍穿反了这种小事，老婆居然跑去住香格里拉大酒店，一住一星期，住够了才笑嘻嘻通知他去买单。又哪一次为了他赴饭局忘了请假，竟胆敢把他的身份证工作证摩托驾驶证丢进抽水马桶冲掉。还有一次更绝，为一道虾皮炒包菜是放味精还是白糖放盐还是放酱油吵了起来，便连着三天不吃饭不盖被子，致使感冒咳嗽支气管炎鼻炎胃炎低血糖，目的是通过打倒自己的身体来打击丈夫的心灵……王立听了呻吟不止，你老兄怎么不早忠告呀？公安局的朋友便坏坏地笑道：婚姻也还是有种种好处嘛！比如你去嫖娼，抓到一次至少罚款3000元，根据性医学常识，一个机能正常的青壮中年男人，一个星期应该有两次性生活一个月嫖下来共八次。八次难道不会被抓到一次？那也太小看我们这些干公安的同志了。所以还是按一个月抓到一次算，一年十二次，经济损失3.6万元，还声名狼藉。找老婆情况就不一样了，门一关，灯熄了，再不知趣的人都得滚开。再就是她年轻的时候任性、臭美，花你的钱买胭脂口红，等她人老珠黄了，她甚至连退役的虎牙都想捐出来给你。王立说，我没心情听你讲娼不娼牙不牙的，你看我现在怎么办？公安局的朋友说，我负责帮你找回来，不过你得画张唐女给我，要全裸的，不要半裸的，咱们一手交人一手交画。王立说，喂！兄弟，你以为画唐女是画光饼吗？画唐女要身比闲云心同流水，可我现在身比涂炭心同乱麻，你再不快点把她找回来，休怪我跟你断了交情！公安局的朋友赶紧说，没问题，我们有电脑联网，只要她凭身份证住在宾馆，十分钟内就知道她在哪里。要不要我找部警车，带几个手下，吓唬吓唬她，看以后还敢动不动就离家出走。王立说，算了，好男不跟恶女斗，她还年幼无知，我不能和她一般见识。公安局的朋友听了很不以为然，我已经有惨痛的教训了，你还不吸取教训，跟你直说，唯女子与小人难养，你宠她好了，别宠成不良少妇。

但是王莲花根本不了解王立的宠爱之心。自从那天晚上准十二点被丈夫的公安局朋友送回家后，以后的晚上十二点以前就常不在家了。王立问她，酒吧有什么好咖啡吧有什么好舞厅有什么好？王莲花就响当当答，我喜欢！我不像你穿长衫的！半老人家！你怎么变成这样呀想不到呀！王立没灵感画他的唐女了，他恨不得给满墙满壁的美目流盼看他笑话的古代佳人们全画上胡子，怎么这么善变呀女人?！他大声地喘气，我早知道保证不要你！我早知道绝对不嫁你！王莲花也狠狠地回敬他。

王莲花接下来就白天也不在家了。王莲花说，我得去上班。王立不肯，我可以按你上班的工资额付你美元，你留在家，当夫人当太太有什么不好？现在社会上流行一句话：好男不上班，好女傍大款，有一定道理。王莲花粗俗地骂了一声屁！我年轻轻的读到硕士学位了留在家里当你的使唤老妈子祖国白培养我了。王立说，一个成功的男人背后总要站着一个付出牺牲的女人。王莲花拱手朝他拜了拜，对不起我辜负你的厚望了我不想帮你抓菜虫了不想陪你走马路了，我坚决要离开你！王立吓了一跳，你怎么可以这样？婚姻岂是儿戏？我可是等到35岁才找了你的！王莲花说，我才23岁，你大我一轮，大的不让小的，像话吗？而且你和我没有举行任何仪式，没有任何文件可以证明我们有婚姻关系，我说不要你了就不要你了。王立振振有词地说，但是我们有婚姻实质，我们吃喝拉撒睡在一起，我怎么不肯和别的女人进行这些日常生活呢？王莲花说，你完全可以和别的女人进行这些日常生活的，我已经决定离开你了。她说着站起来，像欧美电影里个性解放要离家出走的女主角，气冲冲进了卧室，取出皮箱，打开衣橱，胡乱抓几件内衣外衣塞进箱子，拎起来就走。王立急中生智，说，你走倒不如我走，家留给你，正好有人邀我去住几天。王莲花一听警惕性上来了皮箱就放下来了，谁？叫什么名字？住在哪里？男的还是女的？王立便不失时机地把她按在意大利白羊皮沙发上，搂着，不要急嘛，我慢慢告诉你，是我骗你的，我有个雅号叫温柔杀手又叫红颜杀手，谁邀请我到他（她）家岂不是引狼入室？王莲花小嘴巴翘起来，哼！就你这副德性你配吗？王立豪迈地说，怎么不配？我有手段的，我不是会画画吗？画画的人总是比较怜香惜玉的，这你也知道。在爱的具体过程中，犯错误就像患感冒一样正常。王莲花打断他的话，不用说那么多了，你整一个流氓。王立说，我以前是有点风月病，但跟你过日子就立地成佛了。王莲花冷笑一声，你算了，你上次去“别有天”喝茶，人家小姐也没惹你，你不是隔三岔五地摇铃，小姐来了你牛头不对马嘴地瞎问一气，目的不就是要测算小姐的三围吗？王立喊冤，胡说！测三围哪需要那么费劲？凭我画人体的功底，瞄一眼“加减公差”不会超过0.1。实话告诉你，我那天主要是看中了小姐的衣领下面的那颗红痣，很好看哦！王莲花就叹口气，唉！你是碰上改革开放的好年景，要是赶在“文革”那阵子，包你至少得剃个阴阳头。王立说，你“文革”尾巴都没赶过，哪来那么多余毒没肃清。王莲花说，我是为了你好，成大事者是不应该太贾宝玉的。王立说，所以你不能走掉，你留下来帮助我，监督我，修理我。王立搜尽枯肠，打个比喻，我这样的男人就像一只船，你这样的女人就像一块石头，我这样的空船就需要你这样的大石头来压着，才不会空空荡荡摇摇晃晃的，我话都说到这份上了。我完全丢掉男人的自尊心来求你了，你要不要留下来由你了！王莲花的柔心弱骨起作用了，你既然离不开我，我就留下来。不过我班还是要去上的，你想想我们泡在一起才多久，就已经吵了三十八次架了。我们到下个月的今天会吵多少次架？我们到明年的今天会吵多少次架？我们到十年后的今天会吵多少次架？太可怕了！我可不想破这个吉尼斯世界纪录。王立说，这都是你单方面的原因，我当单身汉的时候可是蚊子也不打苍蝇也不赶的，我跟蟑螂壁虎都能够和平共处。王莲花说，你真是不讲道理，我是在分析破坏我们安定团结的原因，主要是我们靠得太近，没有朦胧感了没有距离美了。我以前看你穿着长衫，手上还拿把扇子，立在风中一副落拓豪迈卓越激荡的艺术家形象，崇拜得恨不得吻你走过的地板。可现在你长衫脱了，穿拖鞋，打哈欠，伸懒腰，放臭屁，什么毛病没有？你将心比心，你换了你是我，会不会想去上班，外面的空气比家里的新鲜多了。王立冷笑一声，外面的男人也比家里的新鲜多了。王莲花也冷笑，知道你会这样理解，你的确应该担心，你让我感到依恋的东西太少了，很可能我踏出这房子，就不会再进来了。王立心一狠，说，我倒想试试我一个35岁的成熟男人成功男人对你有没有吸引力？你要是不怕下班回来给你开门的是一个比你年轻比你妩媚比你温柔的女孩子你现在就走！王莲花这时显得有些底气不足了，我只是去上班嘛！中国的国情女人上班是正常的，不上班是不正常的，不上班容易百无聊赖、空虚、颓废，会变态，会提前进入更年期，你愿意我提前进入更年期吗？！王立说，没那么严重，你离更年期至少还得二十年，王莲花牙齿被电钻打了个孔般地鬼叫起来，天！一女一男相爱了就要像螃蟹那样手和脚全绑在一起吗？王立托起她的下巴，在上面盖了半个“公章”，说，绑在一起才不会互相伤害，绑在一起才叫耳鬓厮磨，耳鬓厮磨比相敬如宾强多了。实话告诉你，我已经和一打以上的女人同居过，她们都对我相敬如宾，没劲，没意思，没意义。而你偏偏要离开我，而我偏偏不让你离开我！王立猝不及防地压倒在王莲花身上。王莲花半推半就，继续着刚才的话题，你是说那些女孩子因为太顺从你太迁就你才失去你，那如果我不去上班我也就是太顺从你太迁就你也会失去你的，你认为我应该不应该去上班呢？王立这时候已经欲不可耐了，可以可以，你先满足我一下再去上班吧，不过我得提醒你，咱们白天不在一起只晚上在　起，很可能会吵得更集中更猛烈。王莲花的反应也热烈起来了，我既然叫莲花晚上的精神状态身体状态最好，你爱怎么样就怎么样。王立说，这可是你亲口说的。王莲花说，当然是我说的，你不就是爱吵架么？王立在她身上猛抽几下，换了个姿势又说，话不能这样讲嘛，一个巴掌是拍不响的，你不想吵架我一个人能吵得了吗？比如咱们正在进行的全套性爱运动，只我一个人欲火燃烧而你清心寡欲可能吗？王莲花又娇又嗔地推了王立一把，色狼哩！她这一推用力过度，王立便说时快那时慢地翻身落马在地毯上，王先生王太太又开始吵了起来。

结婚三十年

何茉莉中午一般不回家吃饭，因为单位提供一份价值8元或10元的快餐。何茉莉是单位的会计师，但她只会算小账，大账她不行——为了这份快餐她丈夫也几乎成了别人的快餐了。

何茉莉的丈夫叫司马道。司马道的单位不提供午餐，但提供女孩子，成群的女孩子，美丽的女孩子，有时三个有时五个，有时还七个或八个。司马道介于年轻活泼的女孩子中间，吃饭、饮茶、品尝水果、开展谈心活动，等等，像鱼游在水里，像云栖在天边，像水珠滚羽毛，像鸟投林，像……噢！笔者是个笨蛋，实在不会形容。

所以司马道经常有一副好心情好心肠，尤其看到美丽的女孩子，他就笑口常开。他牙齿也有点黄，他脸皮也有点皱，他个子也有点矮，他说的也全是大白话，他工资也只那么几百元，他也没什么特别气质，他也没什么领导职务，单位的人真是百思不解，这司马老贼有什么祖传秘方，得以迷惑了众红颜？

便有情场失意者虚心讨教。司马道的回答竟是，主要是我老婆好。消息传到何茉莉耳朵里，何茉莉的回答竟是，主要是我不吃醋。消息再传到司马道耳朵里，司马道的回答竟是，无论谁对我千好万好，我都不会跟她结婚。无论我老婆对我千不好万不好，我都不会跟她离婚。

由这样的好先生和好太太组织的家庭真是个幸福的家庭稳定的家庭。他们家的三个仙女都分别在外地就业与成家，前景美好，不用操心。何茉莉只要安全地度过更年期，司马道只要协助太太安全地度过更年期，这个幸福家庭就会更幸福了。可是不！上帝有空找岔子来了。

上帝那天中午先让司马道吃海鲜吃坏了肚子，司马道只好大失风度，一趟一趟地上厕所。司马道很快就有气无力了。司马道很快就零落如泥了。几个女孩子(大概是三个，也可能是五个）商量着，胃肠炎要挂瓶。司马道坚决不肯，荷灯、红袖、献果，你们听着，谁把我送医院我就跟谁吹！荷灯们都不愿意跟他吹，只好眼巴巴地看他锻炼身体似的在通向厕所的康庄走廊上跑来跑去。直到下班了，司马夫人要回家了，才“要珍重呀保重呀”地各回各的家。

结果这天晚上上帝派何茉莉押着司马道去机关门诊部挂急诊。当司马道安详而疲惫地裹在小被子里接受葡萄糖酸钙和氨基酸的良好服务时，何茉莉因夜深了没有加衣，又一夜无眠，头脑昏昏，咽喉痒痒，感冒了发烧了。紧接着，她的漫长的更年期综合征开始了。

何茉莉首先失眠，睡不好就吃不好，吃不好就心情不好，心情不好就脾气不好，脾气不好就溶化在血液里，落实到行动上。她对着司马道牺牲了与三个或者五个美丽的女孩子共进快乐午餐的机会毅然赶回来给她烧的热气腾腾的猪肝线面，眉头一皱长成两个“枇杷”，一口也吃不下。你要趁热吃呀，司马道体贴地说。何茉莉往胸口一指，我这儿痛，其表情已经不仅仅是东施而是南施北施了。司马道对她的胸口早没任何审美感知了，这种时候却必须做出很爱的样子，手走过去旅游一趟，并发出言不由衷的赞美。何茉莉便嘤嘤地哭起来，你以前至少每天夸我一次，多的时候夸好几次。司马道根本记不起是哪年哪月的事了，只能打哈哈，我现在一样喜欢呀！何茉莉眉头再一次长出“枇杷”，哪里，你以前口口声声爱情，现在勉勉强强喜欢，意义不一样，内容不一样，性质不一样了，司马道说，这也不奇怪嘛，社会不断向前发展，感情怎么可能停留在原来的阶段了？！司马道犯了大忌，更年期的女人最缺乏安全感了，总是疑神疑鬼的，总是主动帮助丈夫取报纸拆信件呀，总是积极深入丈夫的衣服口袋裤子口袋里“检查卫生”呀，总是奋不顾身地抢接丈夫的电话问喂你哪里呀，总是觉得丈夫比热恋那阵子还白马王子，自己却比临终的时刻还人老珠黄……司马道原则上道义上都应该安慰她，奉承她，海誓山盟再一次献给她的，可惜司马道没有。何茉莉当然是很不高兴啰，我看你是变心了。司马道装傻，机关刚体检过，我心脏没问题，何茉莉冷笑一声，心没问题胆就有问题，胆大妄为！司马道响当当说，别人都胆结石，我没有。何茉莉继续冷笑，胆没问题肠就有问题，美女如云，消化不良！司马道没那么理直气壮了，工作环境就这样，你让我天天臭着一张脸去见人，谁不会猜测是媳妇不贤惠呀。何茉莉不理他的茬。你少来这一套，我们的婚姻要是有三长两短，你单位的那些小蹄子要负完全责任！司马道被镇住了，你不是说你不吃醋吗？何茉莉很气愤，谁个女人不吃醋，你马上打电话问问你妈妈你妹妹你三个女儿看她们吃不吃醋！司马道的妈妈家占线。司马道的妹妹家没人接。司马道的大女婿接了，说安安正在洗澡。司马道的二女儿家的电话坏了，手机已关机。司马道的三女儿第一句话就是，妈妈，他打了我……司马道立即从被告变成原告，你看你看，波波结婚不到一年就挨打，你和我结婚快三十年了还没挨过打，还不知足！还乱吃醋！何茉莉说，好！你说我乱吃醋，我明天找你们领导评评理。司马道说，欢迎欢迎！我们领导正在与老婆闹离婚，在办公室里搭了行军铺，压力很大，你要是肯帮我去找他，保证他会跟我同病相怜，惺惺相惜，明年提携我当处长。何茉莉说，做你的黄粱梦，我明天先去找你们领导的老婆，联合起来，把你们一起送上道德法庭。司马道说，上报纸我不怕，上电视我巴不得。以前的人怕染上经济问题、作风问题，一辈子扯不清。现在不一样啦，随便到哪个董事长总经理那儿去问问，没有被传讯过被拘留过被审查过的董事长总经理算什么董事长总经理？作风问题也一样，男子汉大丈夫的，只会围着老婆转，不懂得去泡妞，是一种心胸狭窄、观念保守、思想僵化的表现。何茉莉的逻辑能力稍差些，没听出司马道仅仅是为了争取继续和美丽的女孩子们共进午餐的合法权利，她心里紧张着，却欲擒故纵，泡妞有什么好的，一个晚上要花三五百元，也就是让你抱一下亲一下摸一下，同样的价钱，倒不如玩鸡。司马道难道不知道他老婆的伎俩吗？他才不会上当哩！于是说，我工资全交，奖金才留20%，泡什么妞？玩什么鸡？我连请同志们吃餐饭的票子都没有，都是搞AA制，我一个大男人，小里小气的，有失尊严。何茉莉说，你别忘了你三个女儿出嫁时候，你都给她们同一条箴言，千万不能给你的丈夫太多的零花钱，万恶钱为首，不听老爸言，吃亏在眼前。我作为你的妻子，更应该牢牢记住你的箴言才是。司马道说，具体情况要做具体分析，女儿年轻，涉世未深，我身为父亲的，有必要提出宝贵的意见供她们参考。至于我，人到中年了，一天比一天成熟，有主见，有同情心，有节制力，有吸引力，你本来可以引为骄傲自豪的，不幸的是你鸡肠鸭肚子，害得我钱包扁扁的，现在是笑贫不笑娼的时代，人一穷则志短，志一短则委琐，人一委琐则没救了。我没救了你丈夫没救了！何茉莉说，你别叫穷，前几天小偷光临我单位，10 间办公室撬了 9 间，21 张办公桌撬了 12 张，谁的，男的！女的全免。为什么？男人有私心杂念有小金库有私房钱女人没有，女人一心为家为丈夫为孩子。司马道笑起来，小偷也是男人。男人不帮男人帮女人，没出息！有本事的小偷就到家里去偷，珠宝首饰呀，皮革大衣呀，存折现金呀，都在女人那儿存着。放着西瓜不吃来捡芝麻，弄得他的同类要给女朋友买情人节的玫瑰都要去找老婆申请资金，这不是破坏家庭的安定团结吗？何茉莉听出了丈夫也有小金库，喂你的小金库有几位数坦白从宽，我不会计较的，连单位都有小金库，我不相信你会没有小金库。司马道面对这种诱供或叫逼供脸不改色心不跳，我不存在小金库问题，要是有，我岂敢和你大胆探讨这种社会现象，我会避重就轻狡猾地溜过去。这下让何茉莉抓住了他的话柄。你提醒我了，你会避重就轻，我想起来了，你一涉及和你共进午餐的那些小蹄子就避重就轻，你勇敢承认，有什么问题？司马道双手一摊，0.1 的问题也没有，不信你可以带她们上妇科医院检查去。何茉莉说，我何必！我要带就带她们去做 CT，看脑袋里面有没有长瘤子？不然怎么不恋爱也不结婚，围着一个又没钱又没权力又没才又没貌的花心男人转？司马道得意地说，主要是我心灵美。何茉莉骂了一声屁，你纯粹一个采花大盗！司马道更得意了，爱花是男人的天性嘛！上次单位领导经过集体研究，派纪检书记找我谈话，说我蒙骗民女，影响不好。我告诉他，我感情比较外露，这是好事。有的人想爱不敢爱，心理压抑，久而久之便得了癌症。我请他代我向组织上保证我不会得癌症，因为我乐观，别看我在家里被你管制得服服帖帖的，买菜、做饭、擦洗地板，熨衣服、铺被子，吃不饱穿不暖，过着牛马不如的悲惨生活，可我一到办公室就“解放区的天是晴朗的天”就“五哥放羊”就“阿拉木汗”就“马兰山歌”“唱得幸福落满坡”。上帝在这里关了门，在那里开了窗，这就是我心情好心肠好不会得癌症的原因。何茉莉说，对！你克己待人，你把癌症留给我得，我感谢你多年来创造条件让我感情上没地方排遣终于要得癌症了。司马道断然说，不可能！你更不会得癌症，你一生气就找我出气，你这种不良行为打个比方叫做从左鼻孔进气从右鼻孔出气。我呢，我必须忍气吞声，像大便在体内酝酿了十几个小时坚持走到办公室才排泄掉。你最好是相信我的分析判断，咱们谁也不会得癌症。何茉莉捶一下胸口，我如果不会得癌症，也会得心脏病，听说心脏病多数是被气出来的。司马道说，我宁可你得别的病也不愿意你得心脏病。何茉莉问，你希望我得什么病？司马道认真地扳着手指头罗列着，关节炎呀，手抬不起来就打不动我；牙齿痛呀，嘴巴张不开就骂不了我；白内障呀，眼睛看不见就不会盯梢；老人痴呆症呀，吃了睡，睡了吃……天啊天啊！何茉莉没等司马道说完已揪着自己的头发，泣不成声，这就是与我同床同梦相依为命30年的丈夫呵！这就是当年跪倒在我的墨绿色的确良裙子下面茉莉茉莉可怜可怜嫁给我吧我不答应你就不肯起来的丈夫呀天呀！司马道同情地拍拍她的肩膀，都已经停经的女人啦还要什么少女脾气啊?！就算我不对我赔个不是行不行啦？何茉莉擦着泪眼说，你的检讨不诚恳，我不能轻易接受。司马道说，这就是你的不对了，男人有男人的自尊心，我主动赔礼道歉你还不懂得见好就收！我忽然明白了为什么许多中年男人会离家出走睡办公室的行军铺，都是被不知好歹的老婆逼的！何茉莉这时候已经化悲痛为力量了。指着他的鼻子，姓司马的！你有本事你今晚开始也去睡行军铺！走！我现在就陪你上街买折叠床！司马道不相信老婆会真的让他睡行军铺，所以气焰不肯减，喂！我插队的时候睡过稻草铺，上大学的时候睡过上下铺，结婚以来一直跟你睡双人铺，行军铺还真没睡过，谢谢你成全我。何茉莉马上毁约，想好事，想中午不够晚上还要加班加点！司马道的表情有点淫邪，什么意思？何茉莉说，还什么意思，你是明白人过来人，我说出来我会口臭！司马道说，你们女人就是心眼小得像针眼。怎么一讲起丈夫和妻子以外的女人在一起团结友爱就恨不得从18层高楼跳进18层地狱！其实大可不必，我打个比方，女人就像一件商品，男人就像一个商人，男人把他看了最满意的女人挑了一个买回去，供在家里，这个女人就叫做老婆了，这个老婆就是要放到老了做老伴的。我再打个比方，就像彩电，就像冰箱，就像洗衣机，都是有使用寿命的，太经常用了容易磨损容易坏掉，所以男人宁可到外面莺莺燕燕花花草草也舍不得让老婆提前坏掉，做老婆的不但不体谅丈夫的一片爱护之心，反而欲加之罪何患无辞动不动就骂丈夫变心了，真是狗咬吕纯阳不识好人心！何茉莉实在无法吞下他的苦口良药，姓司马的啊！她“呸”了一声，你敢不敢到电视上去说？你说什么女人是商品男人是商人，丈夫娶妻子是商人买商品。司马道底气很足地说，可以！女人的一半是男人，全中国有12亿人口，有6亿男人支持我，我够了，我今年也50岁出头了，省长还不认识我，市长也不认识我，通过电视一亮相，我就成了知名人士了，坐出租车司机不收我的钱，上餐馆老板不收我的钱，卖鱼卖肉卖米卖青菜的贩子不收我的钱，我何乐而不为？！何茉莉像不认识似的看着司马道好久，太可怕了你这个人，想成名也不要这样不择手段呀！司马道驳斥她，还不是你逼的？！你贪小便宜吃大亏是不？！你为了一份8元至10元的工作餐，中午从不回来让我孤零零地在家里泡快熟面，我也是人呵！我不但要有热饭热汤还要有人陪着说说话调调情呵！你做不到就休怪我无情，休怪我另觅新欢！何茉莉气得青筋直冒，亏你说得出来，我中午虽然没回来晚上是不是都有回来？要是两地分居怎么办？你不早成色狼啦！司马道说，我就很赞成夫妻两地分居，这是一种爱情保鲜法，不信你放我一个月的假期，我一回到家肯定就很有激情。何茉莉说，可以，不过我有条件的。司马道赶紧问，什么条件尽管提。何茉莉声音变得好温柔好温柔，我给你设计个贞洁带让你套在身上。司马道大骂，狗屁女人！厚颜无耻！骇人听闻！惨无人道！灭绝人性……何茉莉等他骂累了，才悠悠说，你不是爱自由吗？自由是要付代价的，这点都不懂，白活了。司马道针锋相对，你才白活哩！我像鸟类一样地追求自由，你像猪一样地安身立命，咱们把你和我的姓氏性别都抹了去，找一些德高望重的社会贤达来当评委，肯定我会得最高分，你得最低分。为什么呢，因为你的境界太低了，而我多么注重心灵发展。何茉莉说，我不相信著名评委们会有目无珠，会看不见你是在废墟上在垃圾堆上发展所谓的心灵。你那种心灵发展说具体一点不就是眉来眼去嬉皮笑脸念念有词蠢蠢欲动吗？你那种心灵水平绝对不会超过鸡和鸭子互相挑逗的水平！司马道大气，我请你住口！！不许你亵渎我的纯洁的感情！我才不像你占有欲那么强烈！我真诚地希望她们个个都过得比我好，找到如意郎君，生活幸福美满。我还主动当红娘，安排约会地点展开调查研究，对对方的家庭成员的人品性格、文化修养、健康状况、经济实力、社会地位都认真审查严格把关，没有十全十美也要九全九美才彻底地把她们交出去。在我的亲自主持下，她们当中有一个已经生了双胞胎，一个即将披婚纱，一个即将谈恋爱，你公正一点说，我的服务意识还行吧？何茉莉接近于无限透明地挖苦他，我从1966年认识你到现在，我是不是可以当你肚子里面的资深蛔虫了？你哪有“只要你过得比我好”那么抒情？！你是典型的喜新厌旧者，办公室太小，力必多有剩，只好采取办轮训班的形式，分批分期来唱你的《忘情水》。喂，你近期的佳丽里谁是最上镜小姐说来听听？司马道迟疑了片刻，他想评给荷灯，荷灯笑的时候嘴巴有点歪；他想评给红袖，红袖最近不但不添香还有点儿闹腋臭；他想评给献果，献果太爱吃油炸的食物脸上长满了“映山红”……于是不无遗憾地说，这一批的身材苗条气质也好，至于长相，还不如从前的你，何茉莉好久没有这么开心了，一开心她就忘了年年月月都有千千万万的年轻的美丽的女孩子像金色的麦子风飘飘招摇兮，而她的丈夫如勤劳勇敢的老农民随时随地都在用温柔的镰刀割麦子，何茉莉完全沉浸在幸福的往事与随想中，说，算你有良心，还记着我从前的模样，我那时候辫子是不是到腰间这么长？脸红扑扑的，眼睛水汪汪的，皮肤白白的，胸脯高高的，腰又细，臀又结实，腿又长，走路的样子很像个芭蕾舞演员。每次你写求爱信，反反复复这么几条。司马道懒洋洋的声音，不对嘛，我记得的确写过几封信，内容都是毛主席语录：我们都是来自五湖四海，为了一个共同的革命目标，走到一起来了。何茉莉说，你的格式是语录安排在首位，中间部分主要是赞美我。结尾不是敬祝毛主席万寿无疆就是此致革命敬礼！司马道的脸上掠过一丝复杂的表情，这个我没什么印象了。男人和女人确实不一样，男人向前看女人往后仰，所以男人不断进步女人一直退步，跟不上趟！这一番话对何茉莉的伤害太大了，她愣了半晌，才缓过神，司马道时间到了你该走了！司马道听话地看一下手表，我是该走了，我下午还要开会，新领导和旧领导不一样，开会要签到，中途不许上洗手间，溜号更是没门。何茉莉说，我不是提醒你去上班的意思，我是叫你从这个家里滚蛋靠边站的意思！司马道有点恼怒，好好的，你发什么英国疯牛病？！何茉莉说，我比疯牛病还悲惨，不过你也好不到哪里。你认为那些小蹄子会嫁给你？你做噩梦！司马道断然说，不可能！我早就明确告诉过她们，无论谁对我再好我也不会和她结婚，无论我老婆对我再不好我也不会和她离婚，我做人是有原则的，有道德感的，你年轻轻嫁给我，到了半老徐娘了被我一脚踢开，我于心何忍？何茉莉说，喂！别搞错，现在是我觉醒了我要把你一脚踢开！我有这三室二厅的房子，我怕没男人关心我爱护我帮助我照顾我？最不济我找个江西民工或四川民工，我供他的膳宿，你想他会怎么样报答我？司马道说，温柔同眠嘛！何茉莉说，正是！你先不仁我才不义，对孩子们也交代得过去。司马道又看一下手表，拿了公文包，走到门口，屁股朝内脑袋朝外，边蹲着绑皮鞋的带子边说，你找云南贵州的民工我也没意见，但最好是不要这个时候找，快过年了，民工要回家过年，万一他一去不复返怎么办？万一他走之前把家里洗劫一空怎么办？万一他把你杀了灭口怎么办？我不是挑拨离间，咱们毕竟夫妻一场，重大问题我得替你把关。何茉莉说，你省省吧，快过年了，你那些小蹄子一个个都要嫁人了，万一她丈夫发现你们的暧昧关系怎么办？万一她丈夫不让你们藕断丝连怎么办？万一她丈夫一怒之下杀了她还要杀你怎么办？司马道鞋带绑好了，站起来，转身，招手，茉莉你刚才挺有智慧的，几个排比句用得不错，你过来让我奖励一下，何茉莉也不知道自己怎么这么不争气呀，怎么跟中了魔法似的乖乖走到门口，无比配合地让她的夫君在她左颊亲了一口，右颊亲了两口，鼻子上亲了三口，额头上亲了四口。司马道问，够不够？不够再来。何茉莉满足地点点头，那你晚上几点回来？司马道回答，老样子，一下班我就回来。

汪满涛

一、汪满涛名字的由来

汪满涛从小长到大，都被人连名带姓地叫着。他妈、邻居、同学、老师都这样叫，叫时还常带点世事无奈的味，懒洋洋地："不——行——啊！汪满涛。"不瞒您说，您对他态度是否诚恳是否温和还在其次，他最烦别人连名带姓呼他，尤其是加上"不——行——啊！"但他都能忍着，直到那天——

那年他上初三或者高一吧，那时他开始中意班上一位叫窈窕的女同学。论起来，汪满涛的文学活动应该从那个时候算起——他为她写了大批量令人心跳不已的情诗。他这样想，连老鼠偷油都敢留下爪痕，若我喜欢某人，却不敢让她知道，岂不是……汪满涛便写了一张字条，也没有表什么心迹，只是约她：放学以后在学校后面那片夹竹桃后面见个面好吗？

以上几字是汪满涛开了两节课的小差才拟出来的。他本人也认为文字能力似乎差些。不过他有充分的理由宽慰自己：美好的感情的表达有时是很深敛的，甚至是笨拙的。只要她肯去赴约，肯读他那些诗……汪满涛做噩梦也没料到，那窈窕会一点儿也没有淑女风范，经她大大咧咧一喊："不——行——啊！汪满涛。"全班哄堂大笑。紧接着，像拉拉队喊"加油"似的"不——行——啊！汪满涛""不——行——啊！汪满涛"的号子声此起彼伏，如火如荼，把班主任的脸气成一米八长。校长也跑来了。汪满涛真是倒霉透顶。

汪满涛一脚蹬开家门，恶声恶气问他妈："为什么叫我汪满涛？！为什么为什么？！"他妈正在那块千刀万剁过的砧板上切洋葱，洋葱汁迸溅起来，他妈的表情想哭又不便哭的样子，被他一斥问，就不管那么多了，扔了菜刀猛扑过来，抱住儿子的头哭得涕水涟涟，满口都是"不——行——啊！汪满涛"。

等左邻右舍都点灯吃饭了，他妈才安静下来，汪满涛几乎是利用“杠杆原理”才把他妈搬到床上的。他妈躺下去和站起来一样高，家境困难，一个月也没吃一二两猪肉怎么会长这一身膘？等他妈昏昏睡过去了，汪满涛便蹲在椅子上看：他妈脸上的皱纹四通八达，他妈手上的青筋成捆成匝，他妈的身躯一个麻袋装不下两个宽了些……再看壁上镜框里那个温柔妩媚体态苗条还倚在窗前吹箫的他妈，越弄越糊涂，到底哪个是他妈？直到他脚麻了手臂麻了心灵和头壳都麻木了，才挨着他妈的香港脚睡下。

次早醒来，他妈已经帮人家洗好了两桶衣服，饭也做好了，因为昨晚都没吃饭，特别饿，他妈怕不够吃，就先给汪满涛盛碗浓些的，再往余下来的饭里掺开水，搅一搅，喝得眼睛鼻子都像冒泡沫，汪满涛看了心里难过，坚决舀些饭粒给他妈，他妈不肯，就说：“你吃我告诉你名字的由来。”

“起名字嘛！就是要好听好记好写，还得讲究寓意。满涛，就是有学问、满腹经纶的意思。跟汪字也很匹配。”他妈说到这，把空碗闷闷搁在桌上，“不过，这名字运气不好！你生下来没满月，你爸上厕所，掉进粪池，淹死了。当医生的救不了自己，你妈我堂堂作家落到替人洗衣裳的田地……你看你看，都跟三点水有关系。不——行——啊！汪满涛。”他妈又悲从心中来了。

至此，汪满涛方明白他妈喊“不——行——啊！汪满涛”，有怨命运之错的意味。这使他大为反感：妈你为什么要写蝴蝶鸳鸯哥呀妹呀的言情小说而不学鲁迅作投枪篇直插敌人心脏呢？爸他为什么要当国民党军医而不像白求恩大夫为了中国人民的解放事业救死扶伤呢？！唯一要抱歉的是他不该在他爸他妈随军撤往台湾的前夜闹早产，需要保温，只好都留下来。可是——去了台湾也未必好。台湾水深火热，人民饥寒交迫广播里这样讲课本里这样写。

但汪满涛对自己的名字也产生了宿命感，要紧的是将名字改了。他文思敏捷，只一会儿，就有十来个名字供他妈选择。可他妈一个也没通过。他妈说：“瞧你什么汪清波汪浩荡汪渺茫汪洋湖汪江的……还不都是水汪汪的，还不都是在眼泪里泡！还是叫汪满涛吧！这名字可是你爸给起的。”汪满涛注意到他妈提到他爸时患白内障的眼睛便有了亮色。

本来，名字也不是非改不可。经他妈这一否决，汪满涛忽然下定决心改了，他不相信一个胡子欣欣向荣个子蒸蒸日上的儿子在母亲眼里比不过死人爸爸！他和他妈相依为命他对他妈柔情眷恋，可以说他是患了俄狄浦斯症结……

汪满涛索性逼他妈取了户口本，自己去派出所改名字。他已拿定主意，叫汪山、汪石、汪岩都行，请管户籍的阿姨给定一个。那个阿姨正巧是他妈的洗衣户。一听说他要改名字，脱口就叫“不——行——啊！汪满涛。”“为什么？”“改名字要先写报告，到工作单位签意见盖章。你还小，你妈有单位吗？”那阿姨明知故问，汪满涛陡然涨红了脸。那时候，“工作”不仅仅是谋生手段，而且是一种政治待遇。那阿姨看到汪满涛的尴尬表情，心软下来，就换种口气劝他：“改名字还要找居委会，公安局，很麻烦的。算了吧。”汪满涛一路叹息着回家。他妈接过户口本，问：“怎么样？”他凶神恶煞地答：“能怎么样？不怕歹命怕歹名！”

这件事对汪满涛打击很大，多年以后，轮到他给自己的女儿取名字，其时他已戴上诗人桂冠，按说取个名字是小菜一碟，可汪满涛却弄得焦头烂额。他想取美丽类的怕红颜命薄；想取富贵类的怕潦倒贫困，想取智慧类的怕万一不会读书……总之名字关系命运不能马虎了事。直到居委会两位裹脚的老太太第三次上门催报户口，说再拖下去优待产妇的糖票肉票豆腐票糯米票就要取消了。汪满涛才确定女儿的名字叫汪未名。

可是两位老太太听了齐声喊“哎哟”！她们说：那些去医院看病的病孩子，如果还没取名字的，医生在病历和处方上，一律填：未名。姓赵叫赵未名，姓李叫李未名……说得汪满涛汗流浃背，请老太太再宽限一天。第二天，汪满涛果然去报户口。管户籍的还是那个阿姨，瞧她变得那慈祥样，快退休了吧。她一边填卡一边笑问：“叫汪好，还有这样的名字？”汪满涛回想起从前自己改名未遂的境遇，又惆怅又欣欢地应“好就是好！女孩子就是好”！

汪好一天天长大，到今年已经是三年级小学生了。一天，汪满涛检查作业，发现小女儿开始记日记了。其中有这样一则：

新老师笑话我们班有五棵松六朵梅花七个桔（洁）子八吨钢，叫一个人半个班都站起来。新老师夸我的名字不一般。问我为什么叫汪好？我说：“我爸说，好就是好！女孩子就是好！”

全班都笑了。新老师说每个人的名字都有它的由来。什么是由来呢？

读到这里，汪满涛忽然掩面而泣。

二、汪满涛的“临泉居”及其研究者

现今的文人都虚得厉害。明明是挤在鸡肠鸭肚子里，翻个跟斗就会掉到窗外摔死，却偏爱把破居所写成跑马场豪华别墅什么的，好似他们打喷嚏有专间涂紫药水有专间，从精神到物质都阔得不得了。汪满涛不幸染上该毛病是八四、八五年的事了。当时是当代中国诗歌的鼎盛时期，有好几位部长省长写诗；许多的科学家实业家写诗；登征婚广告用诗；做产品广告用诗；长途汽车的座位靠背刻着诗、公共厕所的蹲坑前面涂着诗；诗无所不在无所不为，诗使多少人白了少年头多少人比黄花瘦。在这种大背景下汪满涛居然脱颖而出成为众峰之上。也难怪他会打一枪换一个位置，什么霜楼呀雪轩呀采桑窗呀临泉居呀等等。反正，鸡蛋都下了，还怕说不出鸡窝在哪里？

话说汪满涛在他那些“楼群”里，最喜欢使用“临泉居”。它源出于一口石井，就在汪满涛家的楼下。自从有了自来水，大家都宁可给自来水表说对不起，省得动不动就要“饮水思源”，这口井就渐渐浅了。后来又掉进了一只猫一只小黄狗，又发现井里有青蛙和癞蛤蟆，夏天的夜里吵死。几个邻居合伙用沙土把井填了。汪满涛是个怀旧的人，总忘不了井水冬暖夏凉，清冽甘甜。所以一有出名的机会，总爱捎上“临泉居”。

不出所料，真有人写汪满涛来了。来者李桃之小姐也，北方某大学中文系学生。特地坐了三天三夜的硬座来考察汪满涛身上的文学现象及其身边的文学氛围。“临泉居”是非去不可的。李桃之是那种说起话来既让你心醉也会心碎的女孩子，见汪满涛很为难的样子，就变着法子说：“哎呀！汪老师，像我这种农村来的女学生想要留校，除了平时的努力，这篇论文简直就算一块敲门砖。请汪老师务必帮忙。”汪满涛想自己这大半辈子了，事事处处求人，终于也有被人求的一天，好高起来，就答应了。

那天是个阵雨天气。黄昏，雨后的虹搁在森秀幽淡的郊野浅山，发出迷迷漾漾的彩光。汪满涛心一动，问："北方有虹吗？"

"北方有极光。南方有吗？"李桃之反应极快。

汪满涛目光拂着一路景物，只问不答："北方有白玉兰树？梧桐树？有这样老树虬枝伸向天空仍像欢呼的手的大榕树？"

李桃之抿唇一笑，"北方有白桦树，银杏树，槐树和大榕树也是旗鼓相当的。北方还有大雪原，房子吃得胖乎乎的。我们呵着暖暖的雾气……"

"南方十二月还开花。"

"北方六月还下雪。"

"北方太干燥。"

"南方太潮湿。"

"李桃之你刚来两天就下这种结论。"

"汪老师您甚至没去过北方呢！"

…………

一种言谈的诗意的愉悦之感升上了汪满涛的神经末梢。在这之前，他常觉得与人交往，字句尚不能通，遑论其他。

他们俩走走停停，经过菜市场汪满涛买了一些空心菜黄瓜西红柿，还买了被冻得傻叽叽的烟台梨。李桃之饶有兴趣看他讨价还价，选货、评称、会账，心想眼前这位就是典型的福州男人了吧——传说中的福州男人特会疼惜老婆。从买菜煮饭到刷洗马桶的全部家务全包了。许多外地男子办不到就大贬其道。结果呢，是眼睁睁地看自己所钟爱的优秀女孩嫁给平平凡凡的福州男人。李桃之竟也涌起怪怪的念头，想年纪大些也没关系，但不知他……

他们现在来到描着“桂花巷”大金粉字的巷口，汪满涛指着说：“往里拐，快到了。”李桃之四面环顾，见巷子又窄又长，两侧的木板房子歪歪斜斜，有人正往门口的地沟里倒痰盂，有人正往门楹上浆糊寿联，有人吵架吵得不亦乐乎，枕头被子床单布娃娃从小阁楼上前赴后继蹦出来。没有人敢上去捡，没有人敢上去踩……李桃之暗暗击掌，并且记住这个招式，并且从技术上推陈出新：设若将来万不得已，也决不做破罐破摔的傻事。要出恶气，首先应把门窗关上，再捡软的扔，大不了脏了洗一洗。

但是李桃之有疑惑：“天啊！真住这里吗？”要不是先读过他的作品，又先找到他的工作单位，还真怕碰上个拐卖少女的人贩子把她往火坑里领呢！李桃之胡编她是农村姑娘，事实上是教授的女儿。市井生活她从未见过。

李桃之随汪满涛绕过看热闹的人群，来到三岔路口，他们往左边的胡同拐进，走几步汪满涛说：“错了错了。”又掉头往右边转，汪满涛抱歉说：“对不起对不起。两边一模一样，我老走错。”李桃之注意到汪满涛忽然变得疲惫不堪，似乎连支撑自己体重的力气都不够。“汪老师您是不是病了？”李桃之关心地问。汪满涛摇摇头。

他们终于走到“临泉居”的泉处。这一口井虽填了，但还常有井水渗在沙石之上，湿湿的一滩，滋润着几蓬灯芯草、车前草，仅此而已。李桃之大失所望，李桃之故作喜欢地趋前去摘采，刚弯腰即被恶臭的猫粪吓退了几步。汪满涛全看在眼里，他满脸荒凉，苦笑道：“我说过，你不信。这下眼见为实了吧！”反差太大，李桃之默然。

现在李桃之小心翼翼地跟在汪满涛后面爬被白蚂蚁群吃得遍体鳞伤的楼梯。这是座五十年代兵营式的简易二层楼。东头厕所西头厨房都是公用。多数人家都在走廊上吃饭。汪满涛和李桃之推开众多的审视的目光，推开家门，房里的大人小孩都已站着，汪满涛面无表情地介绍：“这位是北京来的记者。这是孩子她妈。”

李桃之迅速做出判断，原先想好的称谓：汪太太汪夫人汪师母汪大姐统统不适用。这个家危机四伏。不能太随便。坐一会儿就该走。

因为被介绍成“北京来的记者”，李桃之就摆出记者派头，伸出手，对“孩子她妈”道“您好！”

可是对方一点反应也没有。

幸好有孩子来解围：“阿姨，您到这里坐。”

孩子把做作业当桌子用的椅子腾出来，拥着李桃之坐下。李桃之问：“好孩子你叫什么名字？”“汪好。就是好孩子的好。也是阿姨您好的好。”李桃之看这孩子倒是清清爽爽，再看孩子她妈，还站在刚才的位置上，木然的，茫然的，一动不动。

这时汪满涛已经连摇了三个开水瓶，全都空空如也。汪满涛掏了钱，叫“阿好，去给阿姨买瓶汽水”。

李桃之不肯：“不用了。我想我该走了。”说着就站起来。

汪满涛听了老不高兴，“既然来了，就留下来吃餐饭。我这就去煮。”李桃之还是不肯。见她态度坚决，汪满涛也不好勉强，就说：“那我送你。”又对汪好说：“晚上不煮饭了。我等一下买面包回来。”

他们两人一前一后不言不语走下楼梯，走出胡同，走到桂花巷口，正好有出租车开过来，李桃之朝司机招招手，这才打破沉默，问汪满涛：“那就是‘临泉居’？”

“怎么，不像？”

“噢！您放心，我不会说出去。”

“没关系。以前我怕家丑外扬，单位分房子都不敢要。今天丑媳妇见公婆了。我现在轻松得要命。”汪满涛已经恢复了机智、敏感，以及李桃之感到难能可贵的诚挚。

“但是我还是不会写出去。”李桃之再一次表示，好像那份隐忧属于她自己。

汪满涛倒过来劝她：“你不写，别人也会写，还不如你写。再说，这时另做选题也来不及了。要真能留校，就写封信来。”

李桃之心里又涌起新的感动：留校的事早定了，拿来哄他的。而他，却全心全意为我着想……

李桃之留校后，写了信来，还附上一份圣诞卡。

三、汪满涛看了“黄色录像”

达达那天打电话来，问：“喂明天是星期天吧？”

“是啊。明天是星期天。”汪满涛证实。

“明天星期天你没事吧？”

汪满涛犹豫了一会，不好说——能说一家大小三口一个星期换下来的内衣短裤外衣外裤鞋子袜子手巾毛巾多少多少叫孩子洗不忍心叫老婆洗不放心我明天……嘿嘿吗？

那样达达不会笑话：汪满涛你老婆又没有上班你找老婆只是为了过性生活？

汪满涛只好和达达兜圈子：“明天要是我没事你找我有事？”

达达一把抓住他：“对，你明天没事我找你有事。”

汪满涛如约去。达达家的门上吊着水晶风铃。达达家的地板，饭厅铺大理石，客厅铺羊毛地毯，卧室铺柚木地砖。达达的儿子在弹钢琴，达达的妻子去烧咖啡。达达领汪满涛进到卧室，卧室里就一块席梦思当睡具。他们拎过两个桑青色桃红色的闪光缎面坐垫坐下。达达优雅地问：“怎么样？这情调？”汪满涛头放歪歪地：“不怎么样。客人来了没板凳，主人睡觉没床铺。有点钱都拿去铺地板了，害得家具营养不良，都那么矮哆哆。”说完和达达大笑。达达的妻子正好端咖啡进来，凑个热闹，“老汪家的家具都是高个子，至少一米八。改天我带几个姑娘到你们家，看看能不能对几对。”

汪满涛一听说要上他家，就条件反射，赶紧阻拦，“不可以不可以。好人不做媒，不要没事找事干。”

说笑完了。达达示意妻子离去。

达达这才问汪满涛：“喂！‘彩片’看过没有？……”

“没有。不过……”

达达得意地吐个烟圈，“就知道你没有。我搞来两个带子，一个北欧的，一个台湾的。让你见识见识。”

汪满涛又想当婊子又想立牌坊，“这……”

达达识破他，“别这的那的！在我这里看，就你知我知。不会影响你的锦绣前程。”

“但是——”汪满涛下意识地往客厅看一眼。

达达会意了。“这个，我们今天上老泰山家。中午不回来。你自己看，饿了电烤箱里有东西吃。看完要走就走。电源要拔掉。门锁好。这是木门钥匙，这是铁门的，都要反锁。钥匙装在这个信封里，看准没人，就投在我门口的邮箱里。”

“但是，我不会用这玩意儿。”汪满涛嗫嚅说道。岂止不会用录像机，收音机不会调谐，电视机不会调色，不过没什么关系，这些东西汪满涛家里一样也没有。

达达摇头笑笑，走过去把门关好，然后操作给汪满涛看。“先开这个，再按这个，接着按这个。”

开始出现了图像，汪满涛一看马上昏头昏脑，紧急声明：“等一下换带我就忘了。我只看一片。”

达达想好事做到底，“那我用胶布写个标签贴在按键上。”

汪满涛又发愣了，“要贴就按顺序123。如果贴‘再按’‘接着按’，也可以当先‘接着按’‘再按’。”

达达走的时候是上午十点。

汪满涛走的时候是下午二点。汪满涛救火似的回到家。汪满涛打发汪好去买酱油、寄信、钉猪皮鞋鞋跟。汪满涛把门锁好窗户关好。汪满涛拿出五张一角钱的纸币给伍妹。这时我们才知道汪满涛的“孩子她妈”叫伍妹。“伍妹，我们来好一下吧！”伍妹攥着钱，顺从地随汪满涛到床上。

汪满涛说：“你把衣服脱了。”伍妹把外衣脱了。

汪满涛说：“你把毛衣脱了。”伍妹把毛衣脱了。

汪满涛说：“你把线衣脱了。”伍妹把线衣脱了。

汪满涛已经很不耐烦了，“你怎么穿那么多？”

伍妹应他，“不然我会感冒的。”

汪满涛皱着眉头说：“干脆我再给你五毛钱，你上面下面全脱了。”

汪满涛拿钱来，伍妹果然全脱了。伍妹躺下，由于左手右手各握着五毛钱，就握成两只拳头。

汪满涛愉快地疲倦地穿好衣服。虽说离录像里尚差很远，但是汪满涛颇有信心。决定给伍妹一点小奖赏，讨个喜欢，以利于再接再厉，乘胜前进。

“嗨！伍妹，你起来一下。”

但是伍妹赖在床上不肯起来，伍妹说：“钱……”

汪满涛大扫兴大怒。丈夫的心情转眼成了嫖客的心情，“你他妈的成了婊子啦？!”

伍妹蹬掉被子，坐起来，白白的肉一抽一搐地，“你说我是婊子？我整天在家怎么当婊子？”

汪满涛第一次发现伍妹也有点思辨能力，不那么气了。“那你不要整天在家嘛！”

“不——行——啊！汪满涛。”伍妹警告说，“我不在家，就会有小偷来偷东西。”

汪满涛忍不住笑了，逗她：“家里又没什么值钱的东西，小偷来偷不合算。要来就来大强盗，把你装进麻布袋，称斤卖了。”

“要卖倒不如卖阿好，小孩好卖。”伍妹边套衣服边提议。

汪满涛恶从胆边生，一个巴掌扇过去，“好你个贼婆，想卖女儿啊！”

两个人顿时拳打脚踢，扭成一团。在这方面，伍妹绝对占优势。想想看，她不用上班不用烧饭不用洗衣服。猫还得抓老鼠，伍妹不用抓老鼠，手指甲养得比猫爪还利害。好几次打架汪满涛的脸上都被挖出“排血沟”。只好推说被邻居的恶猫抓的。有一回正赶上郊区出现狂犬病。据说猫也带此病毒，同事们大呼小叫，硬把他押去防疫站打了预防针。所以说汪满涛主动出击充其量是“蟋蟀斗鸡”罢了。

不过这次汪满涛重点保卫脸部，第二天仍可以光彩夺目去上班。

四、汪满涛想做“台风”如是说

台风天。看平时那些明丽的悠闲的令人想入非非的云，变被恶狼追逐的羊群没命地逃。到逃不动时就重重摔下来，叫很多人陪它们掉眼泪——当田园被淹家园被淹人们站在水里喝不到水爬到树上吃不到果实的时候，台风这家伙拍拍屁股走了。台风许是唯一不必对这个世界说“抱歉”的了。有好几次，汪满涛狠狠地想：老子下辈子不做人了。宁可做台风，省得处处对人说抱歉。

以前台风不敢直接进福州。相传福州是福祥之地，有佛庇护着。连日本鬼子都不敢进犯。台风每次只派一些风来雨来，让菜农菜贩子奇货可居，发点小财，如此而已。

但是台风这次发什么羊角癫……我们眼睁睁地看最大的树最经不起大风暴。它们像中风的老人猝然倒下，拦在路上，不再是贻福后人而是……交通中断电讯中断泥石沙房屋倒塌停水停电，人们惶在自己的阴影里默不做声。汪满涛率领全家吃了睡醒了吃周而复始已经三个昼夜了。然而闷呀闷呀！

下午后，汪满涛开始和面，做起馒头来。

汪好睡醒，问："爸爸，你又要出差了？"汪满涛"嗯"了一声。

出差前给老婆孩子做几斤馒头，一缸红烧肉，保证她们饿不着；这已成惯例。伍妹呢？嗨！伍妹，快四十岁了还不会烧开水，水壶一响就大喊"哭了哭了"。喝她烧的水，没准会闹肚子。煮饭更绝，干饭保证烧焦，稀饭开了扑起来，总是搬个小板凳去压锅盖……

汪好又问："爸，你去哪里？我假期作业都做了。让我也去。"

"不行啊！你妈一个人在家我不放心。"

"那你一个人出门，我也不放心。"汪好走过来，小鸟依老鸟似的依偎着她爸，"爸爸，爸爸，我真的很爱你。"

"我也是啊！阿好。"汪满涛忽然动了感情，呜咽着道。眼泪满脸流窜，因为手上沾着面粉，一抹就成了唱京剧的大花脸。

汪好见她爸与她妈打过吵过咆哮过唉声叹气过，而这样的伤心法，尚未有过。急切地摇她爸的胳膊，“爸，妈妈她又怎么你了？”

“没有啊。”

“那你为什么哭？”汪好跟着抽泣起来。

“阿好，流泪不等于是哭。我只是流点眼泪。”汪满涛虚弱地开脱。

汪好辩证，“但是哭就是流眼泪。”又说，“爸，我知道你很痛苦。”

汪满涛的心剧跳起来，家庭不幸，孩子早熟。阿好已经到了懂事年龄了。

一句预习了几千个日夜的话，终于在这个时候启口，“阿好，我要是——和你妈——分手，离婚——你跟谁？”说完，头便沉重地垂下来。

汪好脱口而出，“当然是跟你，爸爸。可是——”汪好眉头皱成一个“川”字，“妈妈连饭都不会烧，谁照顾她呢？”

汪满涛长叹一声，“阿好，为这个我熬了十几年了。”

“那你们为什么要恋爱？”汪好好像在审犯人。

汪满涛一脸荒唐的表情，“你妈连 7+8、7×8 等于多少都算不清楚，我怎么和她谈恋爱？”

汪好不信，纯而又纯地问：“骗人嘛！不谈恋爱怎么结婚？！”

汪满涛被逼得去想，连十来岁的孩子都懂得要恋爱才能结婚。更说明我的婚姻是一出时代的悲剧和我性格的悲剧了。可是，再恶劣的环境，再浮躁的再乖僻的再脆弱的人，不是也有许多人找到圆满的感情归宿吗？看来，要怪只能怪命运了。

“阿好，命运是不能抗拒的。只有冥冥之中左右人的一生的力量。想当初——

“要是我不去那个农村插队，换一个村庄；

“要是我不是轮到最后一批招工；

“要是队长不请我去他家吃酒；

“要是我不是喝一半出来尿一下；

“要是我再进去时没有推错门；

“要是那个正在洗澡的不是你妈，而是男的；

“或者是个老人或者是个已婚的女人；

“或者你妈不是个大脑小脑分不清楚的人；

“或者你舅舅不是生产队长；

“或者我骨头硬点不怕回不了城宁可一辈子当农民；

“或者是个圈套。对！很可能是个圈套！”现在才忽然想起伍妹他们家是有澡间的，为什么要在房间里洗澡呢？为什么——”

当时，喝完一大钵头擂茶又喝了好多后劲很足的糯米酒，直到肚子头脑昏昏，队长问：“要不要去尿一下？”就起身到睡房里了。汪满涛总不便跟进去，就到户外墙跟下。倒回来时，门，二扇一模一样一左一右紧挨着的门，汪满涛分不清了，去推，这一扇闩住了那一扇虚掩着，汪满涛想当然推进去，就听到伍妹惊叫一声就听到自己惨叫一声接踵而来的是斥责声规劝声鞭炮响唢呐声……汪满涛被拉郎配了。

汪满涛击掌，砸在发酵的面团上，“圈套！圈套！分明是个圈套！”

“圈套是什么？谁的圈套？”汪好听不明白。

“圈套就是阴谋！”十几年来一直在折磨汪满涛灵与肉的愧疚感赎罪感，倏时脱壳离去，只剩下耻辱火辣辣地烧得他口干舌燥，“阿好，我必须与你妈离婚！”

“离婚就是要分开来住？”

“对，我们搬到单位去住。”

“那怎么照顾妈妈？”

“要不然你留下来。”

“爸，离婚可以。但是能不能不搬出去住？”

“那怎么行！离婚就是要脱离一切关系。”

“爸，我怎么能和你脱离一切关系？我怎么能和妈妈脱离一切关系？”汪好说完，嚎啕大哭。

“阿好阿好，”汪满涛慌了，“不是你，是我和你妈脱离关系。我照样负责你们的生活，供你读书，爱你。”

“算了吧！爸爸。”汪好冷不防打他一闷棍，“你是不是要和一个阿姨结婚？”

汪满涛大惊，忙否认，“阿好，不敢乱猜。”

汪好变了脸，“别人都看见了，你还不承认。你有时是假出差。你和那个阿姨一起吃饭、看电视。你写东西的时候，那个阿姨就坐在你身边……”

“阿好，那个阿姨是同情我。”

“那你不是也同情妈妈？”

事到如今，汪满涛不得不说：“不一样的，阿好。那个阿姨和爸爸很谈得来，经常帮助爸爸改文章。她自己也写文章。她看我很压抑的样子总是安慰我。看我一个人的工资要养一家人，还经常接济我。但是你妈呢？从来不管家，从来没有攒过一个钱回家，你妈只会攒我的钱——”一想到每次过性生活，伍妹都要讨四毛钱，汪满涛就有切肤之痛。

“你见过你妈帮我缝过一个扣子洗过一件衣服吗？

“你妈用牙齿咬我用指甲抠我常常让我没脸见人。

“你妈还拆我的信件搜我的口袋撬我的抽屉暗里明里要钱你妈还跟踪我简直像个老特务！”汪满涛气得喘吁吁，“阿好，说实在的，我真希望能和那个阿姨过日子。”

“那她呢？”

“她不肯表态。”

“那要是她老不表态你怎么办？”

“阿好，我不知道。”

“爸爸，那你就再等几年。我大学毕业就嫁给你。”汪好很认真地迎着她爸的目光说。

“乱了乱了。”汪满涛听了急得连坐骨神经都摇摇晃晃，“阿好，女儿是绝对不能嫁给父亲的。”

汪好很委屈。“为什么？爸爸，我真的很爱你。”

“我知道我知道。阿好，我们这种爱是父女之间的爱。那种爱是男女之间的爱，还有一种是友爱……爱五花八门，我一时也说不清楚。总之，你可以这样爱我，不可以那样子爱我。”

汪好似懂非懂，赌气道：“那就当我没说。反正你更爱那个阿姨。”

“阿好！”汪满涛严厉地打断她，“事实上，我更顾这个家。这几天闹台风，又停水又停电的，单位没什么人上班，食堂没开伙，那个阿姨，就一个小酒精炉子烧水泡快熟面。到晚上黑灯瞎火的，一大幢办公楼，就住她一个人。”

汪好也是软心肠，一听，“爸，那你也应该去陪她。”

汪满涛没头没脑答一句：

“所以我很想做台风。”

五、汪满涛的离婚案

汪满涛的离婚案在文坛反应平平。大家就像每天晚上坐在电视机前听天气预报，听完就忘了。毕竟此类事甚多。现在一些女文艺作者的最大心愿就是能戴避孕戒指，穿真丝绣花睡袍去上班。有条件试婚的，都在走试婚这条康庄大道。已丧失该资格的，也纷纷揭“被”而起，不再同床异梦。解决问题的办法很多：有的比赛喝啤酒；有的摸扑克牌；多数用牙签或火柴棍儿，长的一方为胜，胜者坐地为王，孩子房子存折子一古脑儿归他（她）。败者唱着崔健的《一无所有》，跟着苏芮的“感觉”走。也没见过谁反悔。他们在离婚协议书上签名，跟签工资单一样随意，以证明他们拿得起放得下。像汪满涛这样告到法院的，得预交 50 元，得待上几个月，等调解无效，再上法庭，被翻晒谷子似的，不让存一点隐私。实在让同类们又可怜又可气。好在文人早学会不再为别人的痛苦而痛苦，说忘了吧就忘了。

至于那个汪满涛任理事但从来不理事的“吃太饱协会”，这个月的内部刊物给会员出的思考题目为《是否你面临离婚》《不离好不好》《婚姻真是金丝鸟笼吗》《外遇是头号大敌吗》，这本来是看不出与汪满涛有什么关系的，偏偏那该死的《编者按》，把汪满涛的名字给“公开性”了。惹得好多人吃不下睡不着，想汪满涛入会没多久就光荣地上了报纸，真是太有出息了。有几位身段像太太，表情像闺女的女人，还分别带上棒针，绣花针，烙饼用的平底锅，社交场合还没开始穿的开衩开到胃部以上的世界旗袍，找到汪满涛单位，要求做现场表演，以期成为汪满涛的下一任太太，当业余情人也行。为这事汪满涛的女朋友和他吵过。在内外交困的情况下，汪满涛咬破手指，蘸着鲜血在女朋友的洁白的床单上写着：手可断，血可流，爱你之心不会变。女朋友一连十几天有空就躺在汪满涛的誓言上，用那又酸又甜又腥味的爱情暖和身子。

后来这件事怎么会捅到分管道德情操的副城长那里的？没有人知晓。按说伍妹在城里没亲没故，和乡下亲戚也早断了联系。汪满涛也没和谁结“梁子”。谁呢？总之，那位副城长在一份复印件上批示：建议共青团、工会、妇联都管管这件事。

对于这个批示，共青团首先很为难。据查档案，汪满涛从没有入过团，伍妹连少先队员都不是。怎么管？除非现在补办个入团手续。那要是汪满涛“既来之则安之”赖着不走了，要讨个现职怎么办？按其四十多岁的年龄，在团内，至少得安排个地县委员才说得过去。那得把谁调整掉？理由呢？

工会则苦笑。工会现阶段的职能是发锦旗，发困难补助，发电影票。对于天要下雨，“狼”要改嫁的事，也是鞭长莫及。

只有妇联不折不扣去执行。妇联真不愧是女弱者的娘家。她们挑选了三个有看家本领的同志，买了几斤苹果、两盒蜜饯去看伍妹，看到伍妹浑身发抖，“五粮液”（汗、眼泪、口水、鼻涕，加之中耳炎发作，流脓）一起流尤其是伍妹反反复复哭诉："我在洗澡，他窜进来……"使人不得不怀疑：汪满涛是否将自己的妻子给强暴了呢？于是立刻打电话给妇幼急救中心，派救护车来拉去验伤。

先查妇科。伍妹因从未经历过，连哄带骗才上了检查床。当冷冷的器械扩开她的身体，当医生带着指套的手指伸了进去，伍妹杀猪般嚎叫起来。一折腾，医生也懒得细查，只道"没事没事"。

接着查骨科外科内科，也没有发现伤筋断骨忍饥挨饿等属于被虐待的痕迹。轮到神经科，诊断书则写道：三级投射区损坏。妇联的同志不懂，医生刚解释"这种病人不能理解坐标的关系，也不能理解三维空间的事物……"下班铃打响了。

此外，妇联的同志还做了大量的调查工作包括找汪满涛本人谈，找汪满涛的女朋友谈，找汪满涛的女儿谈，找汪满涛的邻居谈……反过来同情起汪满涛。她们几易其稿，写了个很翔实的调查报告，其中也郑重指出"伍妹是个没有一点生活能力的人，离了婚怎么办？"的大难题。交了上去。

还是那位分管道德、情操的副城长，不知道他老人家是因为处于更年期，神经活动、腺体、内脏和心理生理的反应、主观体验、表情行为以及起作用的反应等等之间的复杂情况更加复杂，抑或对汪满涛其名字有本能的反感——反正又是他牵头，批道：分明是把个人的不幸，推卸给社会！

一些到处题字题词惯了的老领导，也纷纷在这份报告上比试钢笔字。他们把汪满涛说得比陈世美还陈世美，汪满涛若看了那些手谕非气死不可。

汪满涛和他的律师去了一趟伍妹的家乡。不曾料当年战天斗地的生产队长，伍妹的亲哥哥早两年患了老年痴呆症。是那种只吃饭不认人撒腿就跑不知道回家的症状。丢过好几次。家里人只好把他关起来，门上锁。饭从窗口递进去。也不给粪桶，角角落落随他去，十天半个月才清理一次，汪满涛和律师趴在格子窗上看他，他呢，“呸！呸！”出口就给了两口痰。没有别的知情者了，伍妹的母亲死了，伍妹的嫂子也死了。汪满涛和律师快快回了城。

汪满涛才隔三天没上班，到了单位就有物是人非事事休的预感。原定的党外人士座谈会也改叫别人参加了。中午吃过饭到女朋友宿舍，女朋友的床单已换了床湖蓝色菱花图案的。他的“誓言”被揉成一团塞在废纸篓里。女朋友把一个刨花制作的很精致的首饰盒，一个小藤编，一对嘴吃嘴的小泥偶，和几粒刚从金鱼缸里捞出来的、还滴着水的雨花石，装进一个印着“芭蕾牌袜连裤”的塑料袋子，交到汪满涛手中，声调平平淡淡：

“我这里再没有你的东西了。”汪满涛愕然望着那副充满人生戏剧色彩的桃花脸面，猜想她至少是昨天晚上就决定要断绝关系的。她今天居然还有心情：1. 拔掉眉部多余的杂毛；2. 抹上粉底霜；3. 选用紫红色系列眼影；4. 扫上比眼影稍淡些同色胭脂；5. 以棕色鼻影粉加强鼻梁线条；6. 用眼线笔描画眼线；7. 用眉笔修正眉形；8. 用唇线笔描出理想唇形，再涂上唇膏；9. 用睫毛夹卷曲眼睫毛；10. 涂上睫毛液，美化眼睛；11. 用完成后的漂亮形象来见我。“不错不错。”汪满涛心服口服地夸了她两句。然后，拎着那个物归原主了的小塑料袋子，退出来。

下午一上班，汪满涛就坐在会议室里，等领导来找他谈话。

领导一进来就将门关上，又做出不经意的样子将窗帘全放下，这才坐到汪满涛的身边，用那只软绵绵的、指甲缝里差不多藏了一吨垃圾的手掌，握了汪满涛的手。

整个下午就是这样：汪满涛借之“握手”产生了具有解脱作用的幻觉系列——一会他是翻了几个一万八千里大跟斗的、还曾在五指峰上撒了泡猴尿的孙悟空，却至终跳不出如来佛的掌心，另一会儿，“蟠桃会”的美景又重新吸引他随乐天派孙悟空漫游仙境……乃至领导在苦嘴婆心时，将整排的义齿脱落到地上，汪满涛也无动于衷。

下班以后汪满涛最后一个离开办公室。外面云寒雨冷，心中情缘泡影。要是依了别人，梦幻于今朝醒，必然决心逃情，可他是经历过太多失败太多苦难的汪满涛，现在他正以口令的快节奏默诵着他的不便为人知的座右铭，这次不行——还有下次。这次不行——还有下次。他走过寂寥凄清的街景，情丝爱丝愁丝怨丝也罢也罢，先回家煮了饭吃饱了再说。

汪满涛刚走上楼梯，隔壁阿三正苦等着他。阿三自从儿子考上本市自费技校生就再没正眼看过别人。这会儿却对着汪满涛点头哈腰，直呵酒气。汪满涛心里怕怕的，忙问：“什么事？”“我老婆和你老婆——”阿三比了个拳头对击的手势，“你老婆不像我老婆——老婆嘛！还是我那位耐打。”汪满涛更急，“到底怎么啦？”“我老婆鼻子流血，你老婆裤子流血。送去医院啦！”阿三说到这，打了个酒呃，手一挥，“一比一。扯平！”汪满涛也顾不上论理，问清在市一院，赶紧回家取点钱，见桌上有阿好匆匆留的字条，知道她陪妈妈去的。自愧让一个十来岁的小女孩应付这种场面，更是急急赶去。

汪满涛好不容易找到伍妹的病房。伍妹实际上是与刚分娩的产妇住在一起。几个新妈妈半裸着乳房，正在新爸爸的帮助下用吸奶器使劲吸奶。汪满涛不好意思进去，站在门口喊：“伍妹，我来了。阿好，你出来一下。”阿好听到了，飞扑出来，哭倒在汪满涛的怀里，“爸爸，妈妈肚子里的弟弟，被抠出来了。”汪满涛大吃一惊，不信，“不会吧？不可能。”上回伍妹被妇联的人带去体检的事他知道，总不至于没检查清楚吧？

阿好回答他：“是真的。医生给妈妈检查完，来问我是不是她的孩子。我说是。王大妈和阿三老婆也证明是。她们就说，超生，就把妈妈给手术了。”

汪满涛的血沉下去沉下去，要，就是看黄色录像那一次了。作孽啊作孽！过了半晌，才又问：“那王大妈呢？”“她和阿三老婆回去烧点吃的来。”“你妈她们怎么打的？”“我不知道。我刚放学，她们在厨房里打。”“你妈现在怎么样？”“流很多血。爸爸，我好害怕。”“有爸爸在别怕。”

阿好的心一点也没放宽，神情忧忧戚戚的，“这次还有爸爸，但是下次呢？”“再也不会有下次了！”到了这个真正是百感奔突欲罢不能的时候，汪满涛的泪腺反倒全阻塞了。

他很明白，离婚，只能留给死亡了。他明天就得去撤诉。别无选择。否则，一边闹离婚，一边睡大老婆肚子的话传出去，法庭会怎么判？舆论会怎么讲？他呢，他想他自己也不是那种没有责任感的人。

六、汪满涛因祸得福之一

汪满涛主动撤诉的举动，深受各界人士的热烈欢迎。

法院白得了50元，律师100元。拿了钱，又免去帮了汪满涛彻底摆脱伍妹对不起道德，帮了伍妹继续缠汪满涛对不起良心的麻烦。难得汪满涛自觉自愿自咎自赎……再背包袱，再好没有。

负责找汪满涛谈话的那位领导，则认为汪满涛很看得起他。

按论，还是妇联方面出于公心。妇联近年来因离婚率上升，家庭结构不稳定，暴力事件增多，自感到头抬不起来。通过汪满涛的“破镜重圆”是否可以挽救许多即将破裂的家庭，提高威信呢，大家觉得有必要试试。于是写文章阐述的有之；开展家访活动的有之；筹划成立“不离婚协会”的有之。此外，正巧妇联主任的丈夫是电视台台长，主任今天下午第一次提前下班，给保姆放假逛商业城。亲自下厨房，做了一碗米粉肉，一碗白切肉，一碗红烧肉，对丈夫大开“肉灯”——做妇联主任的丈夫也不容易：胡子每天必刮，早上要练健美操，中午必须午睡，不可以吃肥肉……丈夫受宠若惊，二话没说就同意了太太的合理要求——电视台方面的有偿服务，变为免费宣传了。

因为是台长亲自过问的事，电视台不出一星期就派出了采访车，先接妇联的同志，再一道去汪满涛家录像采访。

汪满涛早就奉命在家等着，学校接到妇联的电话，也放了汪好一天假。他们一家从上午等到中午等到下午，到傍晚才等到。上午没来是因为中午妇联请电视台的工作人员共进午餐，下午迟迟到是因为巷子曲曲折折，进一步得退二步，还撞破了车灯，车镜子、车身也多处受伤。好在车子是上过保险的，倒霉的是保险公司。

小小的房里涌进十来个人，顿时坐的地方没有站的地方也没有。汪满涛倒是备了些桔子汽水，两瓶麦乳精。可是来者都佯装没有看见。太空时代应该喝什么？粒粒橙汁雪碧晶晶亮透心凉。电视台的工作同志感觉很不良好，目光越来越严峻，他们都是见惯了豪华场面的，这里太那个“初级阶段”了。这镜头怎么摇？除了桌子，就是床铺。床铺下面摆着尿盆，蚊帐上面牵着蛛丝，三只脚的椅子有两张四只脚的才一张。再看桌子，药瓶、虾油瓶、墨水瓶、开水瓶占去大半张。剩下的就是汪满涛写作的地方？摄影记者忍不住问：“汪老师您的书橱放在哪？”这个问题真成问题：不读书的人不藏书的人会著书吗？若非由妇联的同志领着来，还怕走错门呢！

汪满涛也有些狼狈模样，指着房门边上一叠纸箱，道：“都在里面。要不要打开看看？”“那就不用了。”话虽这么说，可镜头怎么摇？还是妇联的同志急中生智，去找隔壁阿三……阿三因汪满涛不但没有索要医药费营养费，而且还送他一包“创可贴”给他老婆贴鼻子，心里正过意不去，见有机会表示一下友好便满口答应。当下，汪满涛汪好伍妹便被搬到阿三家。

现在汪满涛坐在黄昏的窗口读书，拉上窗帘，拧开台灯，汪满涛铺开稿纸夜耕；汪满涛在给读者回信；汪满涛在浇草伺花；汪满涛洗衣服，汪满涛煮饭炒菜；汪满涛在给女儿辅导功课；汪满涛照顾有病的妻子——摄影记者看着伍妹又白又胖的模样儿，心想广大电视观众一定和自己同样不相信伍妹是个病人。想来想去最佳办法是让伍妹躺下，裹上棉被，灯光恍恍惚惚一照就成了病胚子了。伍妹到这时候也站累了，又一辈子除了睡娘家的床，就是睡汪满涛的床，难得睡睡别人家的，连外衣也没脱就爬上床，盖上踏花被，高兴得龇牙咧嘴。至此，汪满涛忽然说："不干了，都是假的。"摄影岂肯功亏一篑？便拿出点献身精神，教育汪满涛认清形势。他指着身边打灯光的一位女士，说："这年头，哪有真的？这个明明是我老婆。有时要说是我妹妹，有时要说是小姨子……你再问她，表面上是我的，实际上她跟不跟我？"那位女士听了不急不躁，还对摄影抛个媚眼，两条大象腿晃了晃。汪满涛信也好不信也好，人家当场"牺牲"了，两个人的面子，图什么？于是，又有了汪满涛给重病卧床的妻子喂药的镜头，翻身擦背的镜头，按摩脚掌心的镜头。

由于汪满涛本人很上镜头，加之剪辑得好解说词写得好播音更好，汪满涛集诗人作家评论家一身写下上百万字作品启迪读者贻福后生誉满文坛且十几年如一日照顾病瘫妻子的事迹，通过电视媒介家喻户晓。普遍认为汪满涛吃的是草，挤出来的是奶。各级领导都扪心自问："我们做领导的有什么了不起？而人家作家，能在作品里营造出一个完整或者残缺的世界来，虽说是随心所欲却也呕心沥血……我们是羡慕他们，不是嫉妒他们，应该帮助他们。"连原来对汪满涛很有看法的领导，也纷纷高抬仁慈之手，打电话、批条子，意在尽快给汪满涛解决一套采光好通风好的二房一厅。

工会从下个月起，每月给伍妹发 15 元困难补助。

学校决定给汪好免费蒸午饭，学费减半。

汪满涛去粮店买米，再无需排队。买青菜可以买半把。买鱼可以砍头去尾。

阿三一家缄口不谈汪满涛借用他的房子拍电视的事。

邻居更没有人揭伍妹没有卧床的底细。

…………

汪满涛既顺从又蛮横地享受着这种特殊的待遇。他觉得他是以人性里最光辉的自由作为代价的。他的灵魂已经不可能完整。"虽然——"他在日记中记道："虽然我早已是变节者，是吹牛家、伪君子、守财奴、糊涂虫、胆小鬼、贪吃者，好色徒……我在与自然力量和金钱势力的悬殊斗争中，太注重暂时的享乐。因为我害怕——实际上我又确实是在贫困和创作激情中永远寂寞、不幸。那为什么我没有完全被打垮呢？我受了那么多的欺侮、歧视、偏见，也从未放弃我做人的准则——我没有害人之心，没有敌人，不知设防，是因为我总是心怀热望，我对人的尊严的向往尤其强烈。我还以为：在心灵的一角，现实是闯不进去的。”汪满涛写到这里，打住，巡看了一遍，自己觉得迂腐得不得了。都什么年景了，还在奢谈真善美。这种现在极少用的字眼，要是写进小说诗歌，准会大倒读者的胃口。

哎唉！谁人识汪满涛的夜夜心。

七、汪满涛因祸得福之二

近来找汪满涛采访的人越来越多，妇女杂志、残疾人杂志、中老年杂志……也不知道他们人生地疏，怎么摸到汪满涛家的……

一位很“那个”的记者，采访完毕便住进该市最豪华宾馆，尝遍美酒佳肴，又不怕流汗不怕虚脱地做了几十个钟头桑拿浴，过了三天才给有关方面打电话。话不多：“我记得电视里伍妹是重病卧床的，连翻身都不会。这跟事实有出入嘛！我住在温泉大酒家。我不喜欢接电话，你们派人来。”有关方面认识到问题的严重性，赶紧召集妇联主任和电视台台长来公堂对簿。他们这一对“亲不亲，一家人”

现在是“亲不亲，单位分”了。其结果是妇联胜诉。她们的本意是拍破镜重圆，好叫一部分人安身立命，叫另一部分人知足常乐，从此家庭和睦幸福万年长！哪料到电视台会拍成汪满涛如何如何做牛做马，而且混淆了人物专访要真实和文艺片可以任意创作的界限，随心所欲让伍妹重病卧床，才弄到被人敲竹杠的田地。电视台台长乖乖挨了“一百大板”后，紧急献策，亡羊补牢。

现在进到汪满涛住的那座大院的外人，要在刚设的传达室验身份证、工作证，填写来访卡。只要来采访汪满涛一家的一概推说“不在”。为防有人不信，还专门安了电铃通到汪满涛家里，要伍妹听到铃声就得爬到床上，盖好被子。如果照办，一次奖小礼物一件。这些费用，由电视台报销。

汪满涛也不用上班了。由单位给汪满涛放了一年创作假，省得采访者到家里找不到上单位来找。他们说：“老汪，你就发工资来一下。平时，爱在家就在家，要出去体验生活就体验生活。”汪满涛当然不爱在家。口袋空空时就上图书馆公园，有钱就去打康乐球电子游戏机，日子比从前潇洒多了。有些场合，不想被人认出来，还买了假发，学会了化装。

但是才过了一个余月，汪满涛对这种流浪生活就感到厌倦了。娱乐场开销太大，耗不起。图书馆除了《天龙八部》就是岑凯伦系列。“老上公园，蚊虫都认识你啦！夏天蚊虫叮，皮肤痒。”汪满涛怪模怪样学漳州水仙牌无极膏的广告词，对达达笑诉。汪满涛这人交朋友不多，但“含铁量”极高。尤其是达达，见汪满涛肯经常来串串门，吃顿饭，还专门收拾一间房间，供他写作，午睡用。汪满涛在这个很温馨很西化的朋友家里，学会了烤牛排和正确使用刀叉。他的感情体验得到了升华——在一篇散文诗里他这样写道：“友谊温柔、凝重，如寂寞夜航道发亮的海星、灯盏……”

但是汪满涛仍然忧心忡忡。他不止一次对达达揶揄自己：“实际上我这个人要求过高。我既追求无形的又离不开有形的。人嘛！希望越多失望越厉害。像我现在，干脆无家可归有家难回。”达达听了他背时的话，也想不出可安慰的，就由他说个够，好舒服些。后来，有一次，正好街面上有大商场开业典礼，鞭炮放得震天价响。达达忽然激动地拉着汪满涛跑到阳台上，指点弥漫的硝烟说：“你听你看，中国的事情就像这阵鞭炮声，再热闹也只是一阵子，过去了就算了。你要耐心点，过一二个月，我保证再没有人记得你。”

汪满涛听从达达的劝告，耐心地过了元旦又过了春节。春节一过就到三月了。三月份全国各地都在学雷锋送温暖：清理垃圾、种树、补脸盆、修电视、理头发、大拍卖，连火葬场也推出“人人为我，我为人人”的横标竖幅，挨家挨户开展预约服务。汪满涛见别人都忙得很有意义，尤其觉得困兽似的，被一种压迫感纠缠得厉害，就想到去挤公共汽车，大家不分性别彼此挤一挤，没什么坏处没什么后果，也不会伤大雅。

这时上班高峰期已过，好久才等来一部比较挤的，汪满涛上了车，掏出一块钱喊“买票”。“去哪里？”年轻的女售票员满脸都是牙齿。汪满涛这才记起这趟车要去哪去他不知道，连他本人要去哪里他也不知道。就应“随便”。售票员这个月正在“创优”，心特别细，她看眼前这位“随便”有点面熟，电视里见过，阴错阳差就把他当坐惯了小车、第一次来坐大车体察民情的某首长了。售票员想首长日理万机，还……就坚决把工作位让给汪满涛，自己站在他旁边颠簸踉跄，满脸都是牙齿。汪满涛看了又难过又难受，想挤没得挤反害别人去挤，所以才坐两站就下车了。临下车前，他不知哪根神经抽了一下，便去握了售票员的手：“谢谢你呀！小同志。”那售票员答得跟电影里的一样：“首长，这是我应该做的。”汪满涛这才知道，原来人家把他当首长看待。

八、汪满涛和汪好去旅行之回归

汪满涛有了好一些钱以后，才知道有钱有有钱的烦恼。汪满涛买了彩电，汪好的学习成绩直线下降。汪满涛买了电风扇，全家吹得感冒发烧。汪满涛买了电饭锅，伍妹把它放在煤炉上烧成一团废铝。汪满涛买了电吹风，伍妹连眉毛都吹没了。汪满涛不敢再买电烫斗电烤炉什么的了，免得哪天火烧房子要出动消防车。汪满涛就改买羽绒被、雅梦思。第一夜，还没有美得梦，就都爬起来坐，捶背的捶背，搓腰的搓腰；羽绒被则鸭毛满屋飞，弄得开水瓶里有洗脚汤里也有。汪满涛有感于过现代生活怎么这么多副作用，他想生活用品还是陶瓷制作的好。铜镜古玉彩轩线装书老洞箫都是他所喜爱……但他又明白他一个人是回不去的，甚至死亡也必须以现代方式——作为死神粗制滥造的过滤嘴雪茄，全部由火葬场包销。

而面对花样百出的银行储蓄大战，汪满涛更不愿意介入。他想工商银行农业银行建设银行三胞胎怎么好意思搭“擂台”？再者汪满涛也自认为没那个福气中奖。单位年年搞“元宵乐”抽彩，别人都抽到三羊牌毛线石英钟丝光棉床单，汪满涛每次都是安慰奖鼓励奖，拿点两面针牙膏檀香皂洗洗臭手过敏牙，如此而已。

那几天，汪满涛一有空就造句：“与其……不如……”终于决定带汪好去旅行。

把伍妹托嘱给隔壁阿三家，多给一点钱，说些好话，阿三一家皆大喜欢。阿三还拍着雄雌分不清的胸膛说：“老汪你放心，不回来也没关系。你老婆我们全包了。”汪满涛知道阿三是老粗，没有“篡位”的意思，放心走了。

他们父女首次旅游的地点是厦门。找了一家招待所住下。

汪满涛精打细算过．住悦华饭店、海滨大厦没这份经济也没这个必要。住中等宾馆，据说，半夜经常被查户口。住差的被人瞧不起。还是招待所干净，客源都是出差的小干部。干部的差旅费一承包，都想越便宜的越好。而我们挑一间最贵的包间，照样高高在上。

阿好问：“爸爸，我这鞋子放门口会不会丢？”

“快穿进来，你这个小傻瓜，这是地毯。”

汪好问：“爸，这什么声音吵死人了？”

“空调。有空调的房间比没空调贵 15 元。”

汪好赶紧说:“那，爸，快把它关掉。15 元可以买好多米。”

汪满涛心酸地说：“阿好，我们这次出来玩，就要玩个痛快。钱的事你别管。”

汪好翻了翻眼白，“懂了。”汪好高兴地从这张床跳到那张床上，“爸爸，我都这么大了，回家后我也要自己睡。”可是到了半夜，阿好却又爬到爸爸的床上，轻轻耳语：“爸，我没东西架脚。”他们在家里，三个人挤在一张床上，三双腿和六条胳膊自然而然地叠在一起缠在一起已经十几年了。汪满涛长长长长地叹口气，“真是挤惯了穷惯了。”

汪满涛决心不让女儿在钱眼里打洞，不让她再为贫穷受窘。汪满涛不是那种整天对孩子忆苦思甜，恨不得孩子身上重演自己不幸的父亲。他对汪好的爱与日俱增，“上帝派阿好来我才没有休矣。”有时他惊讶于他怎么没有崩溃，“都是有了阿好。”有时有感于斯文扫地，“反正是为了阿好。”

为了汪好他们出门一律坐出租车。厦门的出租车不打诳语，价钱颇可以接受。汪好爱这有冷气的红色跑车，在刺绣一样朴素钢笔画一样流畅的灰色骑楼之间缓缓驶出，经过由华盛顿棕榈和皇后凤凰木掩映的马路，来到大海长堤、码头、轮渡，汪好不止一次问：“爸爸，坐这车可以到天涯海角吗？”

他们曾过海去鼓浪屿，在日光岩上看轻鸥低飞，淡帆远去。在落日熔金的沙滩上戏水玩沙，踩着别人的脚印，开辟自己的意境。

他们曾到万石岩亚热带植物园淋过椰风蕉雨浴过花粉。在苏门答腊合欢和夹竹桃金杯子的叶隙里，不见有黄叶和黄蝶的踪迹。而若藤的粉红色绯红色的渐远渐纤的羽毛花树下，仿佛爱和希望都逶迤漫转，幸福骤至。

他们还到南普陀，各自献上馨香一炷。汪好双手合十，一脸虔诚，“爸，我祝你和妈妈长寿，纳福，你呢？”汪满涛咧嘴笑笑，“我不知道。我一拿香头就懵了。”心里却默祷：“佛啊，我只要保平安，不想添福寿。”

他们还到海味馆吃海鲜。汪好最爱吃白斩虾了。半斤或十二两刚刚还在玻璃水柜里跳迪斯科的九节大虾，被请到滚汤里走一趟，起来就醉得扶不住了。明明艳艳的卧在蓝花瓷盘里，再佐以青葱翠蒜沙茶酱，汪好吃得津津有味。“爸，这虾多少钱一盘？”汪满涛眨眨眼，在15元之间加个小数点，“1.5元。”“那空心菜呢？”“3元。”汪好大呼小叫。“哇！爸爸，那咱们家干么天天吃空心菜？不吃虾？”汪满涛听了哭笑不得，就讲了个“单吃盐”的故事——

从前有一个呆子，到别人家里做客。主人留他吃饭，他嫌那菜太没有味道了。主人连忙加了一点盐，味道果然变得非常鲜美。呆子就想：“味道是从盐里来的，一点点就这样好吃，那么好多好多的盐，还不知道要好吃到什么光景呢？”呆子就向主人要了一把盐，一口吃进嘴里，不料，他马上咸苦得脸都歪了，连忙把盐吐出来。

“什么意思？”汪好笑得咯咯响。

汪满涛一本正经：“就是不能单吃盐的意思。”

汪好刮着脸羞羞他爸，“恐怕是不能单吃空心菜的意思吧！”

他们真是父女情深心有灵犀，爱抚着汪好聪明懂事的小脑袋，汪满涛忍不住想：要是阿好也像伍妹大脑小脑分不清楚才叫不好办。他又想：人生总是有所缺欠有所补偿。父母早逝。婚姻又戏谑了他，爱情又背叛了他，苦苦挣扎了这么多年，才得到一点虚名，从本质上，他还是生活在社会最底层。“要不是阿好，我十身都不够死。”

他们在厦门的最后一个节目是去听歌。门票20元一张。汪满涛下决心向奢侈迈出一步，领略一下灯红酒绿的情调。他们找到一处临壁的包厢坐下。灯光闪烁不定。吉他手开始和弦。女歌星咪咪披着大红袍款款上场。她手拎肩扛着的是一只波斯猫？兔子？狐狸？她反反复复只唱一句："我需要有个家。"她是被后爹后妈赶出来呢？还是急需强力的 sensual？咪咪唱到伤心绝望处，连家禽或小野兽也扔了。幸好大有怜香惜玉者，争先恐后打赏钱和鲜花来。

男歌星则对着庐山方向面壁三分钟，等人们真的不想认识他的真面目了，才光芒万丈猛一回头。他一开口，就让人感到口渴。侍应小姐便走马灯似的拿着小蜡烛为各位点上。汪满涛因听人侃大山知道，点蜡烛就是点你的钱的意思。就推。推。推。到后来二位小姐结伴而来，口气很硬："不点蜡烛是不行的。"另一位更干脆："怎么我们都说渴了，你还没渴？你不渴，这位小姑娘渴不渴？"汪满涛没办法，忍痛接过茶单。汪好指要"夏日皇牌"，汪满涛认为半杯多一点的水，还不知有没有烧开，调上色素卖10元一杯，简直是饮鹿血的价。倒不如喝人参茶，营养、提神，就要了两杯。汪好本来就不过瘾，接过一喝，"爸，这什么人参茶呀，上当了！"汪满涛也呷一口，故作赞叹道："呃！这可是人参毛泡的。"连送茶的小姐也掩面而笑。

这时上半场结束了。汪满涛说："阿好，我们走吧！"

汪好还没尽兴，“爸，还没完呢！人家这是休息。”

汪满涛提醒她：“我们明天还要赶路。回家。走吧！”一提到家，汪满涛又流露出一种固有的凄怆和难以名状的忧郁。汪好可怜她爸，佯装撒娇地问：“那，老爸，明天再住一天，好不好？”

“不——行——啊！阿好。”汪满涛也带点世事无奈的味，懒洋洋地，“回去，你要准备开学，我得准备搬家。”

“谁搬家？”汪好紧张地拽着她爸的手。

“我们。”

“那妈妈呢？”

“搬。”汪满涛幽幽地笑道，“这次搬房子是托你妈的福。”

汪好的心放回原处了。羊角小辫一甩，“那又不急，早一天迟一天有什么关系？”

汪满涛打个呵欠，“既然迟早都得回去，还不如早点回去。”

九、汪满涛以后如何呢？

汪满涛以后如何呢？……

1991 年

骚扰短信

一

从前有一座山，山上有一座气象站。气象站有三个气象员。老大叫老沙，沙千里，站长。老二姓平名安，平安大学哲学系毕业，工作不好找，只好进了深山抄表。老三是老沙的贵公子，小学读了七年，初中读了五年，寒假，班主任从镇里来气象站家访。当着小沙的面，班主任客气地说，小沙十分了得，再发展下去，就留在我们学校当校长了。老沙听懂了，拧一下小沙的耳朵，说，小沙，你自己决定，是留在学校当校长呢，还是来气象站抄表？小沙说，抄表应该比抄作业容易吧？老沙说，抄表二十四小时都要抄。半小时抄一次，如果有三个人，平均每天每个人抄十六次。小沙想了一下，说，那我还是抄表吧。打报告给上级，上级居然批准了，小沙于是成了光荣的气象员了。

话说，有一天，平安收到一条骚扰短信。短信说，欧洲狐狸很大，也是我的考察对象。平安还没有领会"狐狸很大"什么意思，骚扰短信又来了：我月母回去，我又回龟自然。上午一狐狸来讨茶，低凶，二奶鸡乎全露，短裙，里面鸡乎没有，明明要我出鬼嘛。

平安大笑起来,这"月母"是岳母,"回龟"是回归,"狐狸"是妇女，"低凶"是低胸，"鸡乎"是几乎……呵呵！上午老沙刚骂了小沙抄表——十有八错，这个骚人也差不多，遂回了一条：夏天高温，骚人写字，十有八错。

平安去尿了一泡，回来，骚扰短信又来了：啊哈！最近月（岳）母来我家住，只好穿衣服，热得要命，平时夏天我不怎么穿衣服的，回龟（归）原始。

平安本来要去抄表了，但是，毕竟年轻，贪玩，好玩，玩吧。于是坐在门槛上,架二郎腿,开始与骚扰者互相骚扰。

平安：你平时冬天也可以不怎么穿衣服嘛。冬天也可以回龟（归）自然。

骚扰者应该是一个牛人或一个殊人吧？好吧，就叫牛殊人吧。

牛殊人：有时候用望远镜也可以看到回龟（归）女，敢露才会红。

平安：看上去你很斯文吧。怎么会这样？

牛殊人：当代狐狸不喜欢我斯文，希望我野蛮，她们才没意见。

平安：今天很骚吧？跟高温天气比一比。

牛殊人：不骚，广大狐狸有意见啊，很毛（矛）盾啊呀呀！

老沙叫小沙来叫平安去抄表了，平安笑着再回一条：敬祝明天更骚吧。

二

黄昏。老沙种菜、浇菜，平安领着小沙去抄表。平安对小沙说，今天我只抄一次，剩下的由你来抄。小沙说，为什么你只抄一次，你也可以多抄几次嘛。平安对小沙说，你不应该讨价还价，你应该任劳任怨。小沙说，上梁不正下梁才歪的。平安边抄表，大声说，没有上梁不正啊！太正了！此时，平安衣服里的手机钟楼钟声响起来了。平安遂对小沙说，你抄表哈！我走大运哈！小沙说，什么什么？平安说，有人给我发骚扰短信了。小沙说，什么什么？平安说，你好好抄表吧，过两个月我如果去马尔，大夫，我争取带你去。小沙个子还没长够，踮起脚看一下表，小沙说，你去马尔代夫干什么？人家都是去度蜜月，派你去抄表呵！是马尔代夫，不是马尔，大夫。平安说，你太没有幽默感了。平安想起中午收到的骚扰短信，接着说，欧洲狐狸很大，也是我的考察对象。

平安打开手机，果然又是牛殊人的骚扰短信。

牛殊人：我打算下次安排在某某之家，门口有君（军）人站岗，安全。如果没满足狐狸要求，会被她看不齐（起），以后难做人啊呀呀！

平安笑得脸都歪了。但是小沙不高兴，小沙说，这世道太不公平了，有的人吃喝玩乐还泡妞，有的人清汤寡水还要抄表抄表烦死了！

平安对小沙说，你好好抄表呵！小小年纪，不要这么爱计较。

平安一边教育小沙一边给牛殊人回短信。

平安：干脆建一个招待所，建在部队旁边，每次干活，都派战士保卫。

牛殊人：自己盖房太麻烦。自己盖房就像自己造船，造船不如租船，租船不如买船。

平安：自己盖房就像自己种菜，麻烦是一定的啦！但是，绿色，环保，无公害。

天都黑了，可怜的小沙又得抄表了。平安还在发骚扰短信。可怜的月亮都升起来了，平安还在收骚扰短信。短信说，昨晚想要开会了很鸡（激）动还梦见唱歌的中年狐狸。

三

第二天，平安下山。平安决定带小沙一起下山。路上，平安把买米买菜用的箩子筐子让小沙背着，自己的手上只拿一个手机。可怜的小沙，个子还没长够，但是鞋子跟不上脚的发展了。可怜的小沙，开始对平安抱怨，为什么不开我老爸的车下山呢？可以直接进城，可以直接去酒家，可以直接去打游戏机，可以直接去动物园——小沙问平安，你昨天不是说欧洲狐狸很大，也是你考察的对象吗？何不直接去动物园呢？

平安经过一个晚上的反复推敲，终于明白“很大”是指胸部很大了。而欧洲狐狸很大，应该指是欧洲妇女胸部很大了。平安想，这个牛殊人如果不是半文盲，那就是半神仙了。瞧他那些错别字多么有意趣呵！也不像故意为之的，像是随性的人，像是心灵挺自由的人，像是挺好色的人。好色好不好呢？也不错吧。年纪不会太老吧？太老了还能好色吗？好像还是一个社会贤达，不然上哪里好色呢？

可怜的平安，昨天中午以前还是一个厚道腼腆的年轻人呢，可是被骚扰短信骚扰一下，从细胞到毛孔就全开放了，天呵！这个纷纷扰扰的外部世界诱惑力太强大了。可怜的平安，连说话也很像一个牛殊人了。平安说，以后进城可以多种多样，可以边泡温泉边考察很大的狐狸，感受更深收获更大，最好搞一个温泉联欢。

可怜的小沙，一听说要去泡温泉，也不抱怨鞋子夹脚了。小沙说，温泉我没泡过，不知深浅，老哥你要多担待。

平安咧嘴一笑，想起半夜时分了，牛殊人还来骚扰，短信如下：不知狐狸深浅，安全第一，第一。

呵呵！安全第一。

四

小沙下山归来，肚子拉个不停。表是不能抄了，饭是不能吃了。老沙会点中医，把了脉，看了苔象。老沙对小沙说，下山去了哪里？小沙眼睛看着地上说，去书店。老沙对小沙说，我怎么闻到了虾油味，是不是海鲜吃太多了？小沙眼睛看着天花板说，我哪里有？不信你问他。他把皮球踢给平安。平安手上拿着手机，现在他手离不开手机，他刚回了一个骚扰短信。老沙对平安说，最近书店有什么好书？平安说，没什么好书，都是明星和商人在出书。老沙对平安说，风水会轮流转的，将来会有一天轮到我们平民百姓出书。平安说，太对了，现在出书很方便的，有钱就可以出书。老沙对平安说，从明天起你不用抄表了，你专心写书。

你写一稿，我写二稿，我们两个联合出书。小沙说，那我呢？老沙对小沙说，你负责抄表。小沙说，我不干！我生病还没好呢！老沙对小沙说，那你后天总会好吧。你好好抄表，第一本书就算了，从第二本书开始，也算你一份。平安说，写书这种事得有个契机，最起码我得先拜个老师。老沙对平安说，可以。起码得找个大学老师。平安手上拿着手机，表情很奇怪地看一下手机说，最近刚认识了一个博导。老沙对平安说，博士就很好了。博导嘛，更好！我们气象站虽小，很大的领导都来过。以后我们要重点跟一批博士博导交朋友，将来出书的时候好叫他们捧捧场。

五

为了贯彻老沙的指示精神，平安连上厕所都带着手机。但是手机连着几天没动静了，那个牛殊人玩失踪了。平安开始没太在意，心里是喜欢被严重骚扰的，但是一个巴掌拍不响呵！在苦闷的等待中，也曾来了几条房产信息。有的一套房子优惠五十万元，还可以参加范冰冰歌迷会。平安心不在此处，删了。再来，再删了。平安还收到一个卖墓地的小少女的骚扰电话，说如果买一块墓地，可以一起去香格里拉大酒店喝下午茶；如果买两块墓地，可以一起去丽江，午睡可以安排在一起；如果买三块墓地，可以一起去拉萨，晚上可以住在一起。平安心不在此处，挂了。再来，再挂了。可怜的平安，读了很多年的书，结果只能抄抄表,现在有精神生活了,把骚扰短信当一种精神生活了。

在苦闷的等待中，在一个明月别枝惊鹊，清风半夜鸣蝉时分，骚扰短信再次大驾光临。短信说，昨晚拜访一位京城老人，看他案子都是秃笔，头上一毛不剩。老人说，人老了，随便，不要太讲就（究）。我觉得有道理，人老了，就不要太挑剔，对中年狐狸要求不能太高。

平安激动万分，手都发抖了，赶紧回复：你对狐狸特别有研究，北上广三地，哪里的狐狸最可爱？

牛殊人：三地狐狸各有妙处。我笨（本）人更喜欢上海花狐狸，上海狐狸更有味道。

平安想起那条房产信息，拿来引用：请问范冰冰是哪里的狐狸？

牛殊人：我对范冰冰没有爱好。味道这个问题我觉得和中年狐狸讨论更有味道。

平安毕竟年轻，没有什么阅历，智慧方面也还欠缺，跟不上趟，只能努力跟趟。

平安：京城的狐狸更加开放吧？

牛殊人：有正经的狐狸我相信。但是，有正派的狐狸吗？

平安：大热天没有好水果，西瓜都是注水的。

牛殊人：好水果在哪里呢？

平安：在瓜农的瓜地里。

牛殊人：好水果是不会往前挤的。

牛殊人：好水果最后都烂掉了。

牛殊人：政府要重点关注这个问题。

可怜的平安，不知道说什么好了。可怜的平安，就借着手机屏光照路，走到茅厕里用力拉屎。可怜的平安，一边用力拉屎，一边用力思想，如果双方都有独到经验，探讨起来才能很深入呵呀呀！

六

现在单位出差，能坐飞机的都坐飞机，平安也不例外。

平安已经订了飞机票了，忽然不想坐飞机了，想开车去，想开老沙的奥迪车去。

平安去找老沙借车。老沙没说肯也没说不肯。只说，等你把书写出来，这部奥迪就归你了如何？老沙的奥迪不是上级给的，是外甥发了财醉了酒的时候送给老沙的。平安说，最快要两年吧。老沙说，你要快一点！等你一稿两年，我二稿两年，出书再两年，多少？六年！太慢太慢了！等书出来我都很老很老了。老沙咳嗽起来。平安走过去给他拍背。平安根本就没有把老沙要他写书的事儿当事儿。出什么书呢？有钱就买几本，有空就看几页，没有一本书是从头看到尾的。平安对老沙说，我认识的那个博导，听说我们要出书，建议我们不要出书。说写来写去都差不多，还弄得满头大汗，还弄得倾家荡产，还不如及时行乐。平安为了让老沙信服，就把关于及时行乐的骚扰短信调出来，让老沙戴上老花镜，亲自拜读。

牛殊人：我经过认真思考，还是及时行乐最要紧。很多狐狸想法和我一样。

平安：天气这么热，你还有心情思考及时行乐等民生问题，不是劳模是什么？

牛殊人：不要评我当劳模，只要狐狸满意就是最大骨（鼓）励。

牛殊人：回老家都要去慰问一些狐狸。老公对她们不好，上弟（帝）叫我多关照。决定从明年六十岁起坚决禁浴（欲），告别从前脱胎换鼓（骨）。

平安：什么什么？六十岁以后要从良了？

牛殊人：是呵！以前纵玉（欲）过度，现在又提前禁欲过度，身体搞坏完蛋了，没逼（必）要嘛。

牛殊人：就像抽烟很兄（凶），突然不抽，病就来了。所以我现在想把禁鱼（欲）时间推到七十岁。六十岁禁鱼（欲）太草率了，对自己身体明显不负责任嘛。

牛殊人：继续研究四十出头离异狐狸。老公离异后很快又找了，她们却找不到。有职称也没用。如果去她们家谈心，她们太高兴了，留吃饭，抱着喂进口水果。如果摸摸她们大腿兄（胸）部，很乐意，口口声声说要及时行乐呵呀呀！

老沙摘了老花镜，笑起来，说，这个就是博导呵？那我就是博导的爸爸了。

七

再收到骚扰短信是在高速公路上。平安开着奥迪车，边上坐着小沙。小沙现在被提拔当骚扰助理了。小沙手上拿着平安的手机，骚扰短信到了由他念出来，反骚扰短信由他发出去。上车之前，平安就对小沙说了，好好给我当几天骚扰助理，就可以去骚扰别人了。

牛殊人：叫我去开一个葡萄酒品尝会，给1.5万元。我去还是不去？

平安：如果想去就去。

牛殊人：1.5万元我可以捐给春晖助学。但这是一个我不喜欢的人，如果他又不知趣要我给他捧场就糟糕了。

平安：如果你收了人家1.5万元，当然多多少少得给人家捧捧场。

牛殊人：要不然找一个狐狸替我去？

平安：本来高高兴兴的酒会，你克服一下吧。

牛殊人：那我就不和他谈葡萄酒，和他交流对狐狸的感受。疑水鸡老板说他很乱。

平安：太好笑了。疑水鸡老板知道谁是苍蝇，他怎么知道呢？因为他自己也是苍蝇。对吧。

牛殊人：可能疑水鸡的亲戚被他搞过，所以很气，其实就当喂（慰）问干部，回去洗洗澡就好了。

平安：对！你要好好劝他，家里多安几台热水器，碰到不开心的事儿，回家洗洗澡就好了。

牛殊人：一个人到老了玩了多少人，或者被别人玩了多少次，如果自己不算算，谁也不清楚。

平安：如果你亲自算出来，你就是数学大师了。但是你能成为数学大师吗？你要不要成立一个色情工作室呢？那么，你就不用亲自结绳记事了。

小沙没有马上把后面这条发出去。他斟酌一下，对平安说，要不要把“色情”对调一下呢？叫“情色”好听一些。我怕他脸上挂不住，不理我们了。

平安欣然同意。平安说，估计这条发出去，他不会马上回了。我们专心开车吧。

八

平安领着小沙，在沙州一住三天。

现在的广大气象工作者也和从前不一样了，一见面，一边说天气如何如何，一边交换名片。平安的气象站实在太小了，就是在海西，也没多少人知晓。平安因为这种窝囊情况，很不爱出去交流。但是他不出差谁出差呢？老沙对平安说，你出一次差，我就奖励你出一次国。不过你得讲良心道德，最多只能去香港澳门，要不然这个小小气象站很快就破产了。

平安收了一共十七张名片。当然平安也发出去十七张名片，因为临行前数了二十张，现在手上还剩三张。平安注意到广大气象工作者收了他的名片，看他的小气象站实在太小了，脸上的表情都有点不屑。当然平安没所谓啦！气象员嘛，跟出家人差不多，从前是无欲无求，现在要及时行乐。这话可是老沙说的。老沙为什么会这样说呢？因为自从他看到牛殊人的骚扰短信，思想突飞猛进，语言一日千里。当平安不想出差，不想遭人冷落，老沙就谆谆教导：站小有什么关系？梵蒂冈小不小？迪拜小不小？平安马上用手机到百度搜索，百度说，梵蒂冈很小，但是迪拜在阿联酋是第二大的。老沙看一下平安，叹一口气说，我为什么只看一次骚扰短信，我就可以当博导的爸爸了，因为我能够举一反三。你为什么跟博导互相骚扰大半年了，你连他的核心价值都没有搞懂呢？可怜的平安，听了一头雾水。老沙又一连叹了三口气，摸了平安的头，拍了平安的肩，你没有顿悟时刻吧？可惜呵！我老啦，不能及时行乐啦！

平安因为一心一意要及时行乐，决定要在沙州多住两天。听说沙州附近有个景区，坐船去，可以请船娘摇船，可以请船娘唱曲，可以请船娘饮酒，可以请船娘陪夜。可怜的平安，迄今为止，都是陪着星星和月亮过夜。平安决定要及时行乐，决定要支开小沙。

平安对小沙说，沙州也有一个小西湖，我给你放两天假，让你去西湖做许仙，会会白娘子和青蛇姐姐。小沙说，那你呢？平安说，我去……探险。小沙说，探险是什么意思呢？平安说，探险就是可能会出现意外的事的事。小沙说，那你不要去了，万一你探险探出万一，我老爸的车谁开回去呢？平安说，算了算了，我不去探险了，我去蹦极。小沙说，蹦极太危险了，还不如去爬山。平安说，那好吧，那我去爬山。小沙说，那你肯爬山，何必跑这么远呢？我们那里山还不够你爬吗？平安叹了一口气，说，那你说我玩什么好呢？小沙眼睛亮亮地围着他转了一圈，说，反正你玩什么，我也跟着玩什么。

呵呵！平安好想踢小沙的猪屁股呵！什么叫没悟性呵？这就是了。呵呵！平安毕竟是一个善良的人，有一颗善良的心，而且有一颗体谅人的心。他想起老沙也经常对他叹息不止，摇头不止，也是感叹他悟性不够吧。呵呵！既然自己悟性不够，又怎么怪小沙悟性不够呵！

九

船娘有点塌鼻子，平安一看就很不满意。

趁船娘去解缆绳，平安对小沙说，不是说上有天堂下有沙杭吗，怎么狐狸会这么不好看？

小沙也觉得船娘不好看。

平安把船娘不好看的责任推给小沙，说，让你第一次找狐狸就找个塌鼻子的，将来如果你有机会找老婆，一定也是个塌鼻子的。

船娘开船了。小沙不敢大声，小声对平安说，这个塌鼻子的狐狸，就是为你准备的，将来如果你有机会找老婆，一定就是这个塌鼻子的。

小沙怕平安会追打他，就跑到船娘身边。其实平安不会，骚扰短信来了，平安忙平安的。船娘对小沙说，小朋友，你想听什么曲子？

船娘开口唱曲了。唱曲要钱的，唱一曲三十元，唱两曲五十元，唱三曲八十元赠送一曲。小沙瞎点一气，全打上钩了，管他呢，小沙也要及时行乐。

船娘虽然塌鼻子，但是，菩萨给了她一口好声音。但是船娘刚刚唱了《太湖美》唱了《紫竹调》，就喊口渴了。船娘说，小朋友，我口渴了，你肯不肯买水给我喝？小沙在这种时候，不喜欢狐狸叫他小朋友，他不是来抄表的，他是来及时行乐的。小沙不吭声。船娘笑一下，鼻子塌到船舱底下去了。船娘说，小朋友，船舱底下有很多好吃的，你想吃什么？小沙一听说有好吃的，马上说，有没有卤猪耳朵猪舌头？

小沙一边啃着卤猪耳朵猪舌头，一边听船娘唱《采红菱》。船娘说，小朋友，你想不想喝梅子酒？小沙就喝了梅子酒。船娘说，小朋友，你想不想听粗口一点……的？船娘笑一下，整个鼻子掉进沙溪里了。小沙心里说太好了太好了！小沙努力让自己镇静下来，指着平安说，他是老板，这种事老板拍板。

平安在刹那间抬起头，看见船娘笑一下，整个鼻子不见了，可能不在沙溪了，可能去了钱塘江了。平安对小沙大声嚷叫起来：公司发生了这么大的事件，你还有空吃猪耳朵？小沙屁屁地跑过去，小船摇摇晃晃起来。小沙接过手机，果不其然，骚扰短信说，我刚才去了你单位调查男女乱搞，你怎么不在？

平安不知应该怎么回复。看来，他是李戴张冠了。看来，是一个男人和一个女人，关系很好，又没有关系。

小沙献计：不要回。

约过了半小时，警报解除了：学生送大鱼三头，我赶回去杀了。

小沙说，这下可以回了。

平安：你的学生太笨蛋了，怎么不给你送三头大猪呢？

牛殊人：学生的老婆也来了，长得白白嫩嫩如茉莉花儿。太没有天理了。

平安：歌里唱：只要你过得比我好……你应该高兴才是。

牛殊人：希望社会多派狐狸贡献更大的爱心给我。

船靠岸了。

十

平安把手机充电器拉在酒店了。手机没电了，平安也没能量了。小沙说，要不然回去找找看。平安说，算了。平安怪起小沙，怎么搞得没手机？小沙说，妈妈去世以后，我就老爸和你两个亲人，天天在一起，要什么手机？平安对小沙说，我看你还是得有个手机，万一我的手机坏了就可以用你的手机。小沙说，我看你有一点迷失了，几条骚扰短信就搞得你心神不宁。平安也承认，叹一口气说，我也不知怎么搞的，白读了好多年的哲学，一点定力也没有。小沙说，万一哪一天他发现骚扰对象搞错了，你多没趣呵！平安说，总会有一天吧。没所谓啦，有一天算一天吧。

平安再也无心赏美景，领着小沙连夜驱车，回到气象站天已拂晓了。山中风凉，老沙披衣前来开门。开门即开口，贼刚走不久。平安急说，要什么统统给他就是，生命是第一位的。老沙说，要奥迪。过两天还会再来。过两天，平安和小沙把奥迪开到镇政府寄了。镇政府里有几个狐狸，半开玩笑半当真地要给平安介绍对象。平安手上拿着手机，移动滑块解锁，骚扰短信又来了。小沙对众狐狸说，他有对象了，他对象太骚了，又来骚扰他了。

平安由着小沙说去，走到门外，打开短信：昨天参加植树，因为树有竖起来的意思，对难（男）人有好处。

平安大笑起来，这个“难人”是男人吧，这个“难”字恰到妙处，好。

平安：这种天气植什么树呢？

牛殊人：以前日本鬼子也是这种天气搞了我们很多狐狸，这次种一棵日本樱花，算抱（报）复一下。

平安也想知道这个牛殊人是哪里的。已经互相骚扰快一年了，还不知是哪里的。

平安：在哪里种树？

牛殊人：去年也植树一次，不知死活。今年换了地点，再种。

平安：打一枪换一个位置呵。

牛殊人：是呵。但是我回头就不知在什么地方了啊哈！

平安想，闹了半天了，就是不肯说在哪里种树。是太狡猾了，还是太马大哈呢？

平安：种树很好。现在搞计划生育，不能多生小孩，可以多种树。多种一棵树，等于多生一个小孩。多子多福哈！

牛殊人：多子多忧呵！要是有一天有人敲门，长得很像我，叫我爸爸，说出我当年插队农村，那真是完蛋了。

平安大笑，遂叫小沙过来，说，小朋友，你今年几岁？小沙说，我怎么知道？去问我爸爸。平安说，你爸爸呢？小沙说，我怎么知道？去问我爷爷。平安说，就是想问你爷爷，你爷爷有没有在农村插过队？小沙说，我怎么知道？不如你去问我奶奶。

十一

平安：今天有没有回龟（归）呢？

牛殊人：这么热不回龟（归）怎么行。来了一个回龟（归）女，群（裙）子很长，那个脚（角）度都砍（看）不见，让我白白忙了半小时。

牛殊人：我这么老了眼睛还那么好，不用眼镜，什么样的狐狸都能一眼看穿。感谢上弟（帝）阿门。

平安：上帝写成上弟了！眼睛太好了，让我笑死了。

牛殊人：戴眼镜显老。广大狐狸爱我年轻一点。

平安：上弟（帝）对你太好了。你应该请上弟（帝）戴上眼镜，好好看看你的错别字。

牛殊人：我打字很快，不拘小节。

平安：没关系。上弟（帝）会原谅你的。

牛殊人：有一个狐狸借评特（职）称，要和评委睡觉。也来找我，见面就说，上弟（帝）对你太好了。

平安：经常当评委吗？

牛殊人：如果睡了狐狸又没评上，要出人命。

牛殊人：有一次跟一个狐狸去采花（风），太胖了，手臂都是肉，很粗，穿短裙，小腿好粗，可以想象大腿不得了。

牛殊人：那么胖，还敢穿红衣服。

平安：没穿红衣服怕你记不住。

牛殊人：后来去红树林，很热，把外衣脱掉，发现她皮肤很白，就是肥肉太多了。

牛殊人：我跟在她后面想，天气这么热，可能再脱一件吧。谁知她不脱了。

平安：笑死了。

牛殊人：这个狐狸如果是一个县长，这个地方经济肯定就完蛋了。县长手臂那么粗不说，又不主动勾引社会名人，公司（事）公办，谁会喜欢支持呢？

平安：对！神仙也要烧香才会感动拉尿助兴。

牛殊人：黄山这里，老天爷爷也在拉尿助兴。

平安：开会？度假？泡妞吗？

牛殊人：啊！没有成啊！我都夹着尾巴做人啊！

牛殊人：和年轻的狐狸说说话真是很快乐啊！

牛殊人：我到外面打伞散步回来，如果有人陪着林荫道灯光黄昏清幽空气下慢慢走，真是人生难忘。

平安：此事自古难全，回房吧，说不定狐狸等急了。

牛殊人：发一个彩信你看看，要就这个啦，不要就没有啦。相比之下嘛，丑中选美嘛，我要再进展就有难度了，只剩下明天一天了。

彩信到。彩信里有一个脸盆。

平安：这就是佳人啦？看样子贤惠。但是脸太大了，像……一个脸盆吧。

牛殊人：是啊是啊。将就吧！也没有更好的了。但是很大啊！

平安：牛也很大啊！

平安：哎呀！只剩明天一天了，哭一下吧。

十二

这十天半个月，轮到老沙出去“透透气”，小沙也跟了去。平安抄抄表撒撒尿发发骚扰短信，日子却也优哉游哉。

这天中午来了一个奇怪的人，一见面就说要捐款，说是神仙托梦，要他往东南方向的深山老林里的小学校或者小庙或者什么小单位……都行，要捐款，捐越多越好。当提到了要捐一百万元修气象站，平安手上汗都流出来了。平安说，我们站长出差了。奇怪的人说，那我先捐点实物吧。平安说，不知你捐什么实物？奇怪的人说，捐个车子如何？平安说，捐车子找我就行。奇怪的人说，不知你比较喜欢什么款式的？平安说，我们站长开奥迪，你看我开什么比较好？奇怪的人说，标致怎么样？平安说，是不是法国原装进口的？奇怪的人说，那当然是。不过你为了得到这么好的车，是不是也要付点代价？平安说，那是当然。不过我能做什么呢？奇怪的人说，很容易的，只要接下来一个月，每星期出四天太阳下两天雨。平安说，那还有一天怎么办？奇怪的人说，你想办法。奇怪的人从包里拿出一张纸片，写了一支股票代码。奇怪的人说，买这支股票买了三年了还一直在底部。想求求观音菩萨保佑这支股票早点启动，早点进入拉升阶段，早点拉几个涨停榜。我去庙里求菩萨，菩萨说光念经不行，得风调雨顺。我又问大师傅怎么样算风调雨顺，大师傅说要一星期晴四天雨两天，没说多出来一天怎么办。平安说，好吧，我试试，你什么时候把车送到，什么时候开始算晴天。

送走奇怪的人，平安激动得尿都撒不出来，平安激动得回骚扰短信手都在发抖。短信说，美女，我这几天在海南，海西的事就你多操心哈！

平安：来了客人。男的干巴巴像核桃，女的因为剥削男的，长得像白鹅。大白鹅。

没有大白鹅。平安进步啦。会虚构啦。

牛殊人：大白鹅这个类型我非常喜欢啊！我非常愿意被她们剥削啊哈！

平安：海南大白鹅多吗？

牛殊人：书生比较书生。狐狸比较狐狸。

平安：那你晚上大白鹅炒核桃补脑又补身子。

平安进步啦，会调侃啦。

十三

晚上平安去了镇里，大吃一顿，庆祝一下。平安乘兴去看寄在镇政府篮球场边的奥迪。平安拍拍车屁股，车太脏了，拍了一手尘土。平安拨一下车耳朵（倒车镜），牛皮哄哄说，你再克服一下哈！等我的标致到了，窃贼就喜新厌旧看不上你了。这时候车底下跑出来一窝流浪猫，好像还有一两只老鼠，这没什么好奇怪的，猫和老鼠，早已称兄道弟了。平安包里有一包卤蛋卤鸡爪卤鸭翅膀，本来是明天后天吃泡面的佐餐，蓦然想起中午奇怪的人的慷慨之举，他也要做慷慨的人，先从捐猫粮做起吧。

现在平安雇了三轮摩托，顺着盘山公路回到山中。小小气象站，在月光下打着松针那么细微的鼾声。平安以前没太留意这个工作生活了快三年了的巴掌大的小地方。工作嘛有了工作才有工资，生活嘛没有工资怎么生活？！工作嘛总要对得起这份工作，生活嘛且过了今天又到了明天。把底线设好了，平安也就平安健康快乐地工作着生活着。至于那些往事——往事里他是读遍尼采康德苏格拉底的南大学子，往事随风吧！现在平安拿出奇怪的人交给他的股票代码，平安决定从今夜开始算，把日子算好。风调雨顺，风调雨顺。奇怪的人说，如果能从这支股票里挣一个亿，捐一百万；挣两个亿，捐二百万；挣三个亿，捐五百万。天呵！可是五百万呵！平安想，上级是很好，但是上级太没有钱了。所谓锅很大，粥很少，碗很多。上级年年都叫他们打报告，但是年年都没有拿到钱，五百万应该够盖一座很气派的气象站了吧？气象站已经很破了，太破了，已经影响到他相亲了。平安想，如果能再铺上大理石地面，再安上塑钢纱门纱窗，再装上抽水马桶，再装空调彩电冰箱洗衣机……平安越想越兴奋，风调雨顺，平安在月光下念了晴天四天雨天两天还有一天怎么办，平安很奇异地发现念晴天四天雨天两天的时候嘴会歪，歪嘴。平安拿出手机，打开高清镜子，对着高清镜子，一边念一边对嘴形，平安愈念愈快愈歪嘴脸都歪了。平安说，崩溃！

平安关了高清镜子，打开信息，踌躇了一下，这么迟了，要不要去骚扰一下呢？虽然很迟了，还是骚扰一下吧。

平安：今宵酒醉何处？

牛殊人：在天山天池。吃了两次全羊，太热补全身很鸡（激）动啊呀！

平安：你太补了海西人民受不了呵！

牛殊人：这些天千里万里坐车骑骆驼，饱览西部风情。我对付离异狐狸有一套办法，首先表明自己是搞艺术的，有毒（独）到眼光，比别人更能欣赏她的外在美；其次表扬她的气质如何优雅，很快她就投降了。其实我讲的都是鬼话，但是我表情很诚恳。

平安：又勾搭成奸了？

牛殊人：有的狐狸假正经，我只好装着引诱她。

牛殊人：因为导游说，晚上有人敲门千万别开，一开一个狐狸冲进来脱衣，警察随后冲进来，沟接（勾结）一起，要稿（搞）只能团里自己稿（搞）。

平安：老婆呢？批准啦？

牛殊人：一起来了。

平安：那你不是纸上谈兵吗？

牛殊人：搞纸嘛，没办法，以后另找鸡（机）会，对于不可靠的狐狸，我都是动手动脚不睡觉。

平安：这是上弟（帝）的恩典——太太随行，不容易出丑。

牛殊人：放心吧。从未出愁（丑）。

平安：小心为好。千万不要落到公安手上。

牛殊人:去年有一个色友在殡(宾)馆幽会,当场被抓,使天下男人感到吃(耻)辱,防备措施还要大大加强呵呀呀!

十四

从前有一座山,山里有一座气象站,气象站里有三个气象员。有一天,三个气象员正在开会。老沙说,这种事情,不用脑袋想,用屁股想就够了。也不用屁股想,用一只脚想就够了——这可能吗?

以上,是站长老沙在会上对平安的严重批评。

平安像一个孝顺儿子,垂头称是。

小沙则一边玩平安的手机,一边匿笑。

彼时,老沙接了一个神秘电话,神秘到要离开平安和小沙,出门去说。

小沙于是一边玩平安的手机,一边说,他不久前也刚刚被人骗过。

平安一听太高兴了。马上说,怎么骗的?被谁骗的?

小沙说,如果你手机借我玩一天,我就告诉你。

平安忍痛割爱,大声说,借你玩两天!快说。

老沙回来了。

老沙对平安说,刚才这个电话,说的就是骗子的事。

据传，马上要召开全国骗子代表大会了。据传，还要求各地要重点推出一些“八〇后”“九〇后”骗子代表。骗你的那个骗子，是“几〇后”呢？

平安快笑死了。

平安说，站长，怎么你跟骗子也有一腿？

老沙说，怎么你见风就下雨？他们是想请几个有社会地位的人去捧捧场，也算我一个。可我没答应呵！我又不是骗子，我是站长。

平安说，那就扯平了。你没上当，我也没有被骗走什么。好歹他捐了几千块念经的钱，至于这念经的钱嘛，搞不好是我去镇里喝酒的时候弄丢的。

老沙听了太生气了，又叹气，又摇头，说了又说：叫你不要喝酒你又喝酒又喝酒又喝酒！

平安反倒笑起来，想起昨天的骚扰短信，好笑好笑，就叫小沙把手机拿过来，打开短信，大声念出来：每餐都吃太多。告诫自己下一餐吃少些又控制不住，就像少妇红杏出墙一次，控制不住，结果再度出墙，直到被人抓住。

老沙开心起来，说，这个博导好玩。还有没有？

平安选出几条，念了起来。

1. 中午吃牛宴，又吃多了，红杏出墙又一次。

2. 昨天到朋友家，在违章搭盖。他说明知不好，也要试试。和狐狸出轨一样，很刺激，没抓到就算享受了。抓到了再承认错误说不敢了，没有什么了不起。

3．今天早上到公园摇芒果，都不肯掉下来。只好亲自爬到树上，还差点摔一跤。偷的果了好吃，偷生的孩了聪明，道理一样。

平安还要往下念，老沙打手势叫停。老沙说，这个博导够呛！天天“狐狸狐狸”也就算了，还亲自爬树偷芒果。这种博导培养出来的博士，恐怕只会拈花惹草吧。

平安说，他很有才华的呵！可能没当一官半职，精力就往这方面发展了。

老沙说，没当一官半职好。现在的人一当官就变不好了。前几年有一个女的，经常来爬山，来坐一会儿，讨口茶，说想上个副科，低眉顺眼的，对她印象挺好。前一段又来了，这回想当副厅了，走路要走在中间，还像个大官把双手背到背后，难看死了，讨厌死了。

平安笑起来。平安说，站长你是不是对她有念想呢？

老沙说，胡扯八扯。会开到哪里了？

小沙说，开到骗子骗到我们气象工作者头上了。

十五

奇怪的人在电话里说，你还记得我吗？

平安说，呵呵！记得记得。

奇怪的人说，你有没有每天给我安排好天气？

平安说，呵呵！有，今天是晴天，明天还是晴天。

奇怪的人说，雨天呢？

平安说，雨天都放在周末，这样大家都出不了门。

奇怪的人说，那多出来的那天怎么办？

平安说，呵呵！第一个星期用来刮风，第二个星期用来大雾，第三个星期还是刮风，第四个星期干脆下雪。

平安边打手机边对小沙眨眼睛做鬼脸。小沙正在太阳下山之前对着他的专属尿桶尿他神圣的童子尿，老沙正在劈柴，都就此打住。

奇怪的人说，这雪下得好瑞雪兆丰年！那支股票今天下午收盘前五分钟忽然拉涨停榜了！

平安说，阿弥陀佛阿弥陀佛阿弥陀佛阿弥……

奇怪的人说，菩萨这么好，你这么好，我一定要说话算数要好好谢谢你谢谢你。

平安说，不用不用。应该应该。

奇怪的人说，说好送一辆标致法国原装车的。

平安说，怎么你还记得这件事？谢谢谢谢！客气客气。

奇怪的人说，我争取这个周末最迟下个周末把车子送到山上你手上。

平安说，风调雨顺风调雨顺。你是说争取这个周末要来捐……捐车子——那捐款的事呢？

奇怪的人说，你们站长回来没有？

平安用手捂住手机，问老沙怎么说？老沙一时拿不定主意。平安于是说，快了。过三两天就回来了。

奇怪的人说，这样呵！如果捐款，最好要搞一个捐款仪式。如果要搞一个捐款仪式，最好要好好策划一下。

至此，平安说话利索多了。平安说，如果能多捐一点，还可以多请几位领导来捧捧场。

奇怪的人说，先捐三百万如何？

平安右手拿着手机，用左手在老沙的手心上比划了一个“三”，老沙看了摇头，再摇头，老沙用右手比了一个巴掌。

平安知会。平安说，上次好像说好要捐五百万的。平安顾不得念阿弥陀佛了。

奇怪的人说，上次是说好如果挣了三个亿就捐五百万，但是今天刚开始拉涨停榜，还没挣这么多，主要问题是资金不足。

奇怪的人说，投得多挣得也多，这个游戏规则你大概也知道。

奇怪的人说，要不然你们也投一点。上次有一支白酒类的股票，买的时候二十几块，被打压到了八九块，今天看一下已经五十几块了。

奇怪的人说，要不然你们多少投一点，就跟我坐庄的这支股票。反正你天天抄表天天报气息，菩萨不看我的面看你的面，多拉几个涨停榜，修气象站的钱也有了修路的钱也有了。

平安气得踢了小沙一个猪屁股。平安说，感谢祖国感谢菩萨！我有一个很重要的事马上要办。你的事也很重要，等我们站长回来吧。我们站长快回来了。

十六

平安不顾奇怪的人意下如何，不顾老沙和小沙意下如何，收了电话，打开信息，骚扰短信已经等他好久了。

牛殊人：从前的一只狐狸，昨天晚上终于又见了。变得很利害，一点骚也没有了。跟她说流氓话就不吭声。一个人变成这样也就完蛋了，没意思了。从前那么骚，跟她在一起太快活了。如果我也变成这样，肯定太对不起社会了。

牛殊人：为情所困我很早就起床去买鱼买菜买豆浆油条。

牛殊人：糟糕了！因为没看清把短信误发给女弟子了。

平安不顾老沙和小沙都还在场，哈哈大笑起来。

平安：这个女弟子吓坏了吧。愿上弟(帝)保佑她阿门！

牛殊人：她说，老师，我对您有意见，如果老师对我也这么大胆就太好了！

平安：老师：看来要除众苦呵！

牛殊人：男人嘛，都有帮助女人的义务。

平安：太孟浪了。

牛殊人：主要是为狐狸着想，要不然我这个年龄了，也不吃这么多苦和累。

平安：太流氓了。

牛殊人：我觉得有手机短信很好，可以讲很多流氓话。

牛殊人：每次出门老婆都要跟，泡牛（妞）手段难以充分尸（施）展，但是总会有几个很骚的，可以通过讲流氓话看出来。等有空再一一败（拜）访。

平安：你好像一个地下党，在老婆眼皮底下不断偷情。

牛殊人：会开车以后偷情方便多了。一天可以安排好几家。

平安拼命忍着笑，回：各家都有棍子，小心你的屁股。

牛殊人：没有吃过棍子，都是请吃水蜜桃。

平安：你现在没骑马吧？小心在马上做梦掉下来哈！

牛殊人：海西人民比较不爱马术，倒是我们几个色友成立了公羊协会。昨天晚上又凑钱吃了一只公羊。

平安：你太补了！太骚了！

牛殊人：我如果不参加吃羊，广大狐狸会对我不满意。

平安：你太好色了！太风流了！

牛殊人：我们吃了几次公羊了，越吃越热爱生活。有一个狐狸一直说她老公这也不行那也不行。说我什么都行，以后要多联系。感谢公羊。

平安一时没词,问小沙怎么回？小沙说不知道。老沙说，回他：衣服口袋里有好多把钢笔的是修钢笔的。平安对老沙说，太拗口了。什么意思？老沙说，太爱花了，就变成花奴了；太好色了，就变成色魔了。平安对老沙说，那我们呢，是不是变成钱奴了？

老沙说，所以我很纠结呵！

十七

俗话说，三个和尚没水吃。

现在的情况不是这样的。三个和尚同心又同德，在搞卫生大扫除。

老沙在扫落叶，小沙在拔草，平安在掸蜘蛛网。

老沙在洗门，小沙在洗窗，平安在冲洗庭院。

平安拖着几十米长的橡胶水管，远远看上去像修了千年的大蛇。大蛇忽上忽下，忽然侧一下，强力的水顿时溅了小沙一脸一身。小沙大笑着抹着满脸水花冲过来，平安快跑，小沙快追。

老沙由他们闹去。

等天快黑了，老沙才叫停。老沙说，你们那个厕所，还没有除垢呢。

平安不高兴了。平安说，明明知道是一个骗子，还要那么隆重欢迎么？

小沙也说，明天你们都不要出面，让我拿个大竹扫帚把他扫出去！

老沙也说，俗话说，兵来将挡，水来土掩。如今骗子敢骗到我们气象工作者头上来了，太过分了太过分了。

但是老沙马上又改口，说，但是万一我们判断失误呢？万一我们碰到的是慷慨解囊的有钱人呢？要相信广大的有钱人是好的和比较好的。

平安马上想起他盼望已久的标致。平安说，这个问题等到明天就揭晓了。如果他真把标致送到，而且手续齐全，那么他就是乐善好施的有钱人。如果他空空手来，那他来干什么？那么他一定是一个骗子。

但是老沙不同意平安的看法。老沙对平安说，即使他把车子给了你，也还可能是一个骗局。就像股市，就像赌场，都是利用人性的弱点，利用人的一点贪念，开始先让你尝到一点甜头，就像你，年轻人嘛，爱帅一点的车，他就拿去当诱饵，就像钓鱼，骗你上钩。等你发现就来不及了，你鱼嘴里都是鱼血，说不出话了。

平安听了太不服气了，大声说，说到贪念，谁没有呢！明明知道来的是骗子，还要大搞卫生，干什么呀？！

老沙说，就是贪念呵！没错呵！人性里就是有很多弱点嘛，做人就是跟贪念作斗争嘛。但是很难呵！它很利害呵！斗不过它呵！

老沙说，我不抄表的时候，我就在想，要修房子，要修路，先修路还是先修房子？修房子要五六百万修路要五六十万。天呵！钱在哪里呵？

老沙说，要不然动员他不要捐车子了，改捐六十万，路修好了，领导就会经常来了。领导经常来了，缺钱的问题就好解决了。

老沙说，我想好了，我不能亏待你，我那个奥迪归你了。

平安说，随便你。但是放着看得见摸得着的车子你不要，要改捐款，捐款是不是要提供银行账号？给他假账号款打不到你的户头上，给他真账号小心你户头上的钱全打水漂。

老沙说，这个就是我最近的感悟了——舍不得孩子套不着狼，舍得了孩子也套不着狼呵！

十八

牛殊人：昨夜梦见去你单位，很多人在等电梯，一个塑料胖子进去，大家都往后退，我觉得奇怪，就自己进去。谁知塑料胖子往外推我，不准我同梯。我混社会多年的暴戾忽然发作了，对他连干几拳，塑料胖子可能电视看多了，雪（学）倒地不起。110 抓人，关了我五天。今天下午专程到实地考察，可惜没应验。你怎么不在单位？

平安：我这两天出远门了。

平安：我这两天住在一棵树上。

牛殊人：是玉兰树吗？还是龙眼树？

平安：是一棵大榕树。大得像一座三层楼。

朱殊人：怎么个睡法呢？

平安：人类的祖先怎么睡就怎么睡，特好睡。

牛殊人：你们单位有三层楼那么高的树吗？我怎么从来没见过？

平安皱一下眉头，呵呵！终于露馅啦！平安舒展一下眉头，呵呵！其实没错嘛！

平安：其实没错嘛！我这两天出远门了。

平安：我这两天住在一棵树上。

牛殊人：呵呵！

牛殊人：我也经常住在树上，不过是在梦里。

牛殊人：我住在树上是为了看到很多狐狸在树下走来走去。

平安：太好色了。

平安：不过好色不等于贪色，风流不等于下流。欣赏。

平安发了一个欣赏的表情符。

牛殊人：世事一场大梦，人生几度秋凉。要及时行乐啊呀呀！

平安：单位领导死脑筋。

平安：单位的房子太破了，要翻修，钱不够，好不容易得到一部好车，硬被单位领导拿去抵工程款了。

平安：煮熟的鸭子又飞了。

牛殊人：那单位领导的车呢？

平安：也拿去抵工程款了。

牛殊人：好领导！

平安：老爷，那就没办法及时行乐了。

牛殊人：很高兴听到有人叫我老爷。如果大家没有异议，今后就这么叫吧。

平安：哈！那以前大家怎么叫呢？

牛殊人：叫我大狮（师）。说我有大狮疯饭（大师风范）。

平安笑得眼泪都掉地上了。平安笑得手机都掉地上了。

牛殊人：因为我属龙，报纸上就说我是龙的船（传）人。我不喜欢。我宁可属老虎。老虎屁股摸不得。

平安：呵呵！

牛殊人：人活着无非在忙着两件事，第一，奔死亡；第二，犯错误。我身为大狮（师），一生都没有机会为社会犯一回大错误，惭愧啊哈！

牛殊人：因此所以，我要尽量用错鳖（别）字引领新生活，希望落（诺）贝儿（尔）授奖哈呀呀！

平安：呵呵！拿了吗？

牛殊人：还没呢。创作鸭（压）力很大呵！广大狐狸要求短信要刺鸡（激），红杏好出墙啊哈！

牛殊人：一天如果不发一两条出去好像很内疚。

平安：今天发了吗？

牛殊人：还没呢。

牛殊人：沈花末今天要来海西，我要去公园扫落叶以示欢迎。

牛殊人：这个人支持我写错鳖（别）字。

牛殊人：说错鳖（别）字是这个世界上最小的错误。

牛殊人：还说小错不断大错不犯，建议大家有意识写点错鳖（别）字，以减少许多人生悲剧。

牛殊人：就像喝板蓝根可以预防禽流感。

牛殊人：就像吃拜阿司匹林可以预防中风啊哈。

平安：啊哈啊哈！

平安：沈花末是狐狸吗？

牛殊人：不知道。应该大概可能是吧。

平安：此话怎讲？

牛殊人：根据同性相斥异性相吸之定则，坚持长期反骚扰我的都是狐狸。

牛殊人：瓜狐（寡妇）态度尤其积极，反应尤其强烈，要求骚扰骚扰再骚扰。

牛殊人：沈花末搞不好也是瓜狐（寡妇）。我爱瓜狐（寡妇）上弟（帝）阿门。

平安：太奇怪了。你连沈花末是不是狐狸都不知道，怎么个爱法呵？

牛殊人：我有祖传秘方：上半夜哄老婆，下半夜想沈花末。

平安：笑死了。

平安：怕时间不够用呵？

牛殊人：有月亮的晚上我就抬头向天问上弟（帝）：上弟（帝）啊为什么一天只有二十四小时呢？

平安：上弟（帝）怎讲？

牛殊人：他说如果一天变成四十八小时你就更不够用了。

牛殊人：我告诉上弟（帝），我热爱骚扰事业，投身骚扰运动已经数年。我愿意出资成立一个中国骚扰界联合会。

牛殊人：但是我设了一个条件：除了我是难（男）人，其他成员必须是泥（女）人。

牛殊人：你要一份社会职务吗？

平安：老爷，你在问我吗？

2012 年 9 月 22 日

黄昏 秋风起

惊魂十二小时

父亲连声叫了“阿霞阿霞”，阿霞没有听见。她在楼上的阳台上晒衣。等阿霞从楼上下来，父亲已经拎着公文包上班去了。母亲在房里摇铃，阿霞没有马上回应。父亲把水煮鸡蛋的蛋白吃了，蛋黄留给阿霞。阿霞刚刚洗衣晒衣，手算干净的，两个蛋黄一口一个，太干，呛住了，咳嗽起来，她给自己拍背。母亲又摇铃。阿霞说，来了。母亲说，阿霞，你是不是感冒了。阿霞说，被蛋黄呛了一下。母亲说，你过来，我帮你拍拍背。阿霞说，不用了，好了。母亲说，你小时候老是被呛住，都是你父亲抱着你拍背。阿霞说，网上查过了，没足月的孩子贲门发育不完整，因此所以。母亲说，当时你才那么一点点，现在你都这么大了。阿霞笑起来，说，妈妈，你应该说，你现在都这么老了。母亲说，父母的眼中孩子永远都是小孩。阿霞说，这个我知道，但是我马上三十岁了，真的老了。母亲说，阿霞，都是我害了你。阿霞说，妈妈，我的命是你给的，我照顾你是应该的，你不要想七想八。母亲说，阿霞你扶我起来坐一下。阿霞把母亲扶起来，放好靠枕，让母亲坐一个舒服的姿势。母亲的两只手抓住阿霞的两只手，说，呀你手太冷了。留你在家里洗衣做饭，太可怜了。阿霞说，妈妈，你手也很冷很冷。母亲说，我连翻身都不会，整个背是死的，太苦了，要是能死掉就好了。阿霞抽出手去捂母亲的嘴，说，妈妈，快不要这样说，你一定要好好的，你要是怎么样了，我和爸爸怎么办？！母亲说，所以苦难没有尽头，看上去是为了你和你父亲，其实是害了你和你父亲。要是做一个了断，开始会有点痛苦，慢慢就适应了，就习惯了。阿霞又去捂母亲的嘴，说，妈妈，千万不可以！求求你一定要好好的。母亲说，阿霞，你这个年龄，本来是开心快乐的年龄，有自己的小家庭有丈夫有宝宝的年龄，但是被我害苦了。阿霞说，妈妈，这个是命，既然是命，我们谁也不怪，好不好？母亲说，就是觉得太对不起你了。阿霞说，又来了。母亲说，好！不说这个了，说点别的吧。阿霞说，妈妈，好像爸爸最近老叹气，问他什么事呢，他就说小孩子不要管大人的事。母亲说，就是亲人才会关注你的一举一动。但是真正碰到什么事亲人也帮不上忙。当事人就是当事人，差一点就差很多。你父亲碰到的事还得他自已扛，我碰到的疼痛还得我自己受。你说对不对？阿霞说，我愿意替爸爸妈妈做任何事。但是，我不知道我怎么做。母亲说，但是阿霞，你看，虽然你心里很愿意替我受苦，但是即使你把你自己整成跟我一个样子，也不能减轻我的疼痛啊！阿霞哭起来，说，妈妈呀，怎么会这样子啊？

中午父亲没有回家吃饭。母亲说，现在都一点钟了，怎么搞的啊？阿霞说，可能年终事情多，单位都这样。母亲说，再忙也得吃饭啊！是不是出什么事了？阿霞说，妈妈啊，怎么整天说不吉利的话呀。母亲说，我有很不好的预感,我眼皮一直跳。阿霞说,男左女右,不知你跳哪一边？母亲说，左边。阿霞说，我这时候眼皮也在跳，但是是右边。左边右边，扯平。母亲说，哪里扯得平呢，高兴的事五分钟就过去了，忧愁的事长长久久，没完没了。阿霞说，要不然我去单位看一下。母亲说，你打个手机吧。阿霞说，最少打十遍了，会不会手机扔在办公室，人去会议室开会呢？母亲说，那也得找空打个电话告诉一声啊。我看不像。阿霞说，我还是去一趟。母亲说，等到两点钟吧，不然显得我们慌慌张张的，沉不住气。事实上，母亲已经沉不住气了，脸上都是汗，嘴唇发灰，开始耳鸣。母亲一手上下敲打自己的腰和背，一手拉着自己的耳朵倾听电梯上上下下的声音。好不容易电梯上了十五楼了。母亲说，不像你父亲的声音，像奇怪的声音。去看看。阿霞开门出去，原来是几个物业在搬弄消防栓。阿霞关了门，电话响了，阿霞飞过去接，一听是录音诈骗电话：这里是中国公安局举报中心，有人举报你与一个国际贩毒大案有关系，请你配合调查并速从网上汇款 5000 元保证金……阿霞没听完就把电话挂了。母亲在房里也在听电话，母亲哭起来，说，这什么社会啊，骗人骗到家里来了。

两点钟到了。阿霞说，妈妈，我还是去单位看一下。母亲说，去吧。也只能这样了。阿霞换了衣服，走出门了，又倒进来，到厨房里盛了一小碗饭，取了拍黄瓜、西红柿炒蛋、紫菜蛋汤，拿去给母亲。母亲一看就崩溃了。母亲说，阿霞你说，碰到这种情况我吃得下饭吗？！阿霞说，妈妈不要生气，你不吃点饭，怎么有力气支撑？等一下爸爸回来了，看你这么憔悴会很难过的。母亲说，你父亲怎么搞的呢？不回来总得告诉一声嘛，从来没有这样过，一定是出事了。阿霞说，妈妈，你老是说会出事会出事，到底是什么事呢？母亲说，我一直有预感，我这个病就是被你父亲吓出来的。阿霞说，从我有记忆开始，就听你这样说，说了二十多年了，一家人没有开心快乐过，整天提心吊胆。爸爸几次要提拔，你不肯；我要去外地上大学，你也不肯；我要考公务员你也不肯，家里要雇个保姆照顾你你也不肯……妈妈，家里到底发生了什么事呢？母亲说，也没什么事，就是自己吓自己。老做噩梦，梦见毒蛇缠身猛兽追赶梦见 房了都是小人在作祟梦见你父亲被人用计陷害好好一个家说没了就没了。阿霞说，做噩梦总是有原因的吧。所谓日有所思夜有所梦吧。母亲说，你说得是。我就是被现实打垮了。阿霞说，全世界乱七八糟的，我们家还好就好。管他外面风风雨雨，天塌下来呢！母亲说，全世界的事我才不担心呢。我就是担心你和你父亲。阿霞说，我有什么让你担心的？工作没工作，对象没对象，天天跟你在一起，你还有什么好担心呢？母亲说，你的事我是不太担心的，我这一两年总会死吧。我死了你就可以出去工作了，就可以去找对象了。阿霞说，妈妈，你又来了，动不动就说死死死的，烦死了！母亲说，阿霞，你不耐烦是有道理的，我不会怪你，我知道为了我，你的青春幸福都葬送了。阿霞说，没那么严重，不过妈妈，我有权利知道你到底有什么心病，搞得这个家这么不得安宁。母亲说，什么心病不心病，你没看见我连起床都要你帮助吗？生病就是生病，这个能装的吗？阿霞说，妈妈，如果你肯把事情说出来，我保证你病就好了一半。母亲说，这样，阿霞，如果到晚上你父亲还没回来，那就是出事了，那我就什么都告诉你。如果你父亲平安回来，一场虚惊，那就当什么事也没发生，那还说什么呢？

没必要了，我们以后好好过日子，我也不这样子了。阿霞说，你什么这样子呢？母亲说，就是我要好起来，要正常起来。阿霞说，妈妈，那如果爸爸万一真有什么事你就不肯好起来吗？不肯正常起来吗？母亲说，阿霞，你怎么这样说话啊！你这不是在逼我吗？阿霞说，妈妈，不说了。你吃点饭吧。我去单位看一下。母亲说，你吃点饭再去吧。阿霞说，这个时候我也吃不下啊。

阿霞回到家中天完全黑了。阿霞回到黑咕隆咚的家中，母亲大声摇铃大声叫，阿霞阿霞！事实上，阿霞脸都哭肿了，眼睛都哭成一条线了。事实上，阿霞是走楼梯走上十五楼的。电梯里有监控录像，阿霞不想让录像录到她的模样。阿霞在楼梯里放声大哭。阿霞在出租车上也是放声大哭。阿霞是“八〇后”，出租车司机是“九〇后”。“九〇后”对“八〇后”说，姐姐，你哭得我心都碎了。遇到了什么事呢？阿霞说，我父亲找不到了。“九〇后”说，是不是失踪了？几天了？阿霞说，早上好好地去上班，中午没回家吃饭。下午我去他单位，司机说他半上午说出去一下，就没回单位了。手机怎么打都是关机。“九〇后”说，你父亲有专车啊！是不是当官的呢？很多当官的被纪检找去谈话就被扣住了。阿霞说，胡说八道！呸呸呸！“九〇后”说，不是在说你，可是现在的情况，大官大贪，小官小贪，不贪白不贪。阿霞说，我不坐你的车了！你停车！停车停车！！“九〇后”

说，姐姐，这里不能停车，停车会被罚款。油又涨价了，我一天罚一单就倒贴了。阿霞说，那哪里能停车就在哪里停车。“九〇后”说，何苦呢？我又没有恶意。现在当官也不容易，不小心翻船了，全家全搭进去了。我还是给你送到家吧。你家里还有什么人呢？阿霞想起母亲一个人躺在黑咕隆咚的家里，又一次放声大哭。

阿霞坐在母亲的身边，母亲的手冷得像一块冰。母亲说，我已经有心理准备了，阿霞你实话实说吧。阿霞说，妈妈，什么消息也没有，单位的人只说半上午爸爸说出去一下，公文包还留在办公桌上，电脑还开着，像临时出去的样子。母亲说，司机呢？司机怎么说？阿霞说，司机对爸爸有意见，从来不出去参加饭局，害得他只有一点点工资。现在的行情，谁请领导吃大餐，都得给领导的司机100元补贴。母亲说，你父亲是正人君子，苦了自己也苦了别人。阿霞说，司机说他太倒霉了。其实他可以送我一下的，但是没所谓啦！母亲说，典型的小人！要告诉你父亲，要换司机。其他人呢？阿霞说，领导都去省里开会了，本来爸爸下午也要去开会的，办公室的人打手机问我，我就装手机听不清楚挂了。妈妈，怎么办呢？要不要报案呢？母亲说，再忍一忍吧，万一没什么事，我们自己一惊一乍弄出事来。阿霞说，我感到单位的人表情怪怪的，眼睛溜来溜去，好像在等着看热闹。母亲说，要是你父亲要当一把手了，你看他们会怎么样？阿霞说，他们脸上会笑成一朵花。母亲脸上出现很不屑的表情，说，阿霞，反正天塌不下来，别人能熬咱们也能熬。阿霞说，没错！时代不一样了，贪官不贪官都一样，没什么了不起。母亲说，你弄错了，我不是那个意思。你父亲绝对不是一个贪官！我根本不会让你父亲成为一个贪官！为了平平安安，宁可平平淡淡。阿霞说，什么平平淡淡？我看是破破烂烂！母亲说，那又怎么样，不也活得好好的吗？阿霞脸上出现讥讽的表情，说，说什么呀，什么叫好好的？一点都不好！很不好！妈妈你不跟社会来往好多年了，你不知道这个社会变得你不认识了。母亲说，阿霞，我知道你的意思，你是在看不起我。这个社会太坏了！像你，一天班都没去上，天天跟我在家里，我和你父亲还处处以身作则，你还被污染成这个样子，这个社会没救了。阿霞脸上的表情还是讥讽的表情，也不管母亲气成什么样子了，倒了两杯水，给母亲一杯，放了吸管。母亲不接，翻身侧过去。母亲平日里连翻身都不会，这下会了，被气的，被激将的。阿霞说，妈妈，你既然这样说了我也就说了，我觉得你才没救呢！什么旧脑筋老脑筋死脑筋，整天怕爸爸变成贪官。结果呢，这个家像贪官的家吗？马桶坏了快三年了都没钱换一个，抽油烟机干脆都不能用了……就这样子了你还怕怕怕！早知如此还不如当初当个贪官……母亲被数落得哭起来。阿霞心又软了，拿了纸巾给母亲擦眼泪擦鼻涕，自己也眼泪鼻涕一把一把的。

阿霞和母亲，决定要吃一点饭。已经晚上十点了，楼下十四楼的钟声响了，以前从来没有注意过。钟声穿透水泥地板，一声一声敲在阿霞和母亲的心上。母亲说，阿霞，去热饭吧，吃一点饭后我什么都告诉你。吃了饭，母亲说，阿霞，去洗碗吧，洗了碗我什么都告诉你。洗了碗，母亲说，阿霞，你收衣服没有？你收了衣服，我什么都告诉你。收了衣服，母亲说，阿霞，再想想，还有什么人可以依靠的可以商量事情的？阿霞说，哪里有谁！司机五年换了四个，没有一个进过咱们家的门……妈妈，找叔叔怎么样？他在江西，好像就是干这个的。母亲说，什么叫“干这个的”呢？阿霞说，就是干纪检还是公安的。母亲说，你那个叔叔，全中国大义灭亲的典型，连大舅子都敢抓！你婶婶为这事跟他离婚了，他就拿这事到处做报告，他每次的开场白都是：同志们，我因为大义灭亲，家属跟我离婚了。他可能觉得这样很出彩。阿霞说，但是说不定他后来后悔了呢，要不要试一试？母亲说，但是万一他越来越没人性了呢？阿霞说，这种叔叔，不找也罢。

阿霞找出早几年的电话号码簿。也就他们家还在用这种黄页的电话号码簿，这可能是父亲拿回家的唯一的公物吧。翻了半天，一点用处也没有，都是单位，都是公司，这跟她要找回父亲有什么关系？阿霞说，妈妈，电话号码簿帮不了任何忙，另外想办法吧。母亲说，还有什么办法呢？什么办法也没有啊！母亲绝望地哭起来。

阿霞拿纸巾给母亲，母亲没有接。母亲完全像个无助的小孩，张着脸让阿霞来擦涟涟的涕泪。阿霞抱着可怜的母亲，蓦然之间觉得自己是个母亲了，而母亲成了她的孩子了。阿霞说，妈妈，你不要害怕，我跟你在一起。从现在开始，你做孩子，我做母亲，我来保护你。母亲听话地点点头。阿霞说，妈妈，我以前不懂事，觉得留在家里照顾你就劳苦功高，还跟你耍小性子。从现在开始，我会扛起这个家庭的责任。我会想出办法来救爸爸的。但是妈妈，你必须告诉我到底发生了什么事？连发生了什么事都不知道，怎么救呢？母亲刚才已经平静下来了，这一刻又哭起来。母亲边哭边说，阿霞，你父亲上班之前都很正常的，只是我这几天眼皮一直跳，心一直跳，总觉得会出事会出事。别的你让我说什么？阿霞说，那你为什么老觉得会出事呢？别人家为什么老觉得会升官会发财呢？总是有原因的嘛。母亲说，我这种样子，讲不好听点叫做胆小如鼠，实际上对你父亲对这个家有好处。母亲说到这里，看到阿霞脸上很不屑的表情。母亲说，阿霞，我知道你很不服气。但是你想一想，现在的人胆子有多大，那么多贪官，搬了那么多社会的财富回家，那么多贪官的老婆，她们会没看见吗？才不呢！她们比贪官还贪，恨不得再多要一些多搬一些。等到被抓到了,后悔都来不及了。阿霞冷笑起来,说,妈妈,你说这些有意义吗?人家贪官的老婆个个逍遥快乐,而你一点都不贪的爸爸的老婆,在担惊受怕,在痛哭流涕。母亲说,随你怎么看不起,我坚守的信念不会错,不是我们的劳动所得我们不要!拿进这个家的钱物必须是干净的,这样我们才心安。阿霞说,妈妈,既然你这么心安,那你整天恐惧什么呢?母亲终于被问住了,脸上像被闪电抽了又抽。阿霞看了害怕了,摸一下母亲的额头,还好还好,有一层薄薄的汗。阿霞说,妈妈,你到底恐惧什么呢?我忽然懂了,在救爸爸之前,应该先救你。母亲说,阿霞,救你父亲要紧!你父亲好了我自然就好了。阿霞说,妈妈,我相信你的恐惧,一定与爸爸有关。是什么事呢?是不是爸爸在外面有情人?

母亲气得脸都绿了。母亲大声说,阿霞!不许你这样瞎猜你父亲!瞎猜就是怀疑。怀疑就是不信任。不信任就是伤害。你父亲那么好,你不能随便伤害他!阿霞说,妈妈,你冷静一下好不好?我是在用排除法,既然爸爸外面没有情人,这个家里又没有任何不该得的东西,爸爸经济没问题,作风没问题,那你天天睡觉乐啊!那你恐惧什么?!母亲说,阿霞,我整天生活在恐惧中,都没有心情讲我和你父亲的故事。我和你父亲,他七岁我五岁就认识了,都是租房户,住在朱紫坊的一个大杂院里。院子里有一口水井,水井边有一棵很大的杨桃树，每次他爬到树上摘杨桃，我就在树下说小心小心要小心……阿霞听了笑起来，说，妈妈，你看你，从五岁就开始对爸爸说小心小心，说了大半辈子了。母亲说，小心是对的，小心没错。阿霞说，小心是没错。但是该出事还是会出事。你看，不是吗？母亲说，现在几点了？阿霞说，刚才楼下十四楼钟又响了，十一点多了吧。母亲说，从中午十二点半到现在几个小时了？阿霞掰着手指头算了一遍，没有结果，重新再算，阿霞说，十一个小时了。煎熬啊！母亲说，再等一个小时吧，等到十二点半也才半天。阿霞说，妈妈，如果爸爸十二点半以前回来就好了，就算我们虚惊半天。母亲说，怎么叫虚惊？叫惊魂。惊魂十二小时。

阿霞开始在房里走来走去。母亲说，阿霞，你走来走去有什么用，你坐下来。阿霞坐下来，去开电视，电视里都在唱歌，从中央台到地方台都在唱歌。母亲说，烦死了，关了吧。阿霞把电视关了。母亲说，阿霞，我们现在主要是很焦虑，因为不知道到底发生了什么事，如果知道了就好了。阿霞说，刚才我要说，你不让。母亲说，慢慢适应吧。你说吧。阿霞说，其实我能说什么呢？倒是你和爸爸那么相知相守，而且恐惧了这么多年了，事情你是知道的。母亲说，其实也没什么。阿霞说，什么叫“其实也没什么”？母亲说，就是在别人那里，小得像一粒芝麻，到了我们家，变成一个大西瓜。阿霞说，到底什么事呢？母亲说，现在几点了？阿霞说，快十二点了。母亲说，等到十二点你父亲还没有回来，我就告诉你。阿霞说，你已经说过好几遍了。你要说就现在说，不说我以后也不听了。母亲说，我尿一下，尿完了我告诉你。阿霞拿了便盆，帮助母亲打理清楚了，阿霞说，还有什么？母亲说，我再换一下睡衣睡裤好不好？阿霞又帮母亲换了睡衣睡裤。阿霞说，妈妈，说吧。

母亲叫阿霞把她抱到父亲的床上。父亲的床和母亲的床并列着，是两张一米的单人松木小床，中间隔着个床头柜。母亲那么轻，阿霞似乎用一只手就把母亲搬到父亲的床上了。母亲靠在父亲的被垛上，母亲抓起被角贴到脸颊上，眼泪顿时流下来。母亲说，阿霞，你刚才怀疑你父亲外面有情人是毫无根据的，你以后不要往这方面去想了。阿霞太生气了，大声说，妈妈！你怎么这么不讲道理？！我只是在做排除法：既然没有经济问题，那会不会外面有情人？如果都没有，那什么事呢？母亲说，你自己听，你又说“那会不会外面有情人”了，是你说的！而我明明白白告诉你：你父亲绝对不是那种人。阿霞说，妈妈，你对“情人”这两个字太敏感了。我问你，假设爸爸一定有问题，一个是经济，一个是情人，你宁可他哪一方面的问题？母亲想了一会儿，很认真地说，我宁可他有经济问题。但是母亲马上反悔了，马上又说，那还是宁可他有情人。阿霞说，妈妈，看来你真的是很爱爸爸的。但是爸爸呢？他会不会因为你对他太专注了，受不了了，就跑到外面找个人找平衡呢？社会上很多人都这样做的。母亲说，我向你保证，不会！阿霞说，那又没有经济问题，你恐惧什么呢？母亲叹了一声，说，阿霞，十二点了吗？阿霞说，快了，差五分钟了。妈妈，你要说什么就说吧，找借口、拖时间有意义吗？母亲终于下了很大的决心了，说，好吧！阿霞，你把我床上的东西都搬开吧。

阿霞在母亲的指挥下搬开床上用品，搬开棕床垫，搬开床铺下面的储物柜里的一堆杂物。母亲说，有没有一个鞋盒？阿霞把鞋盒找出来。母亲说，打开。阿霞打开鞋盒，鞋盒里有一包报纸包着的东西。母亲说，打开。阿霞打开报纸，报纸是一九八八年元旦的套红《人民日报》。《人民日报》包了五沓百元人民币，五万元吧。母亲说，都看到了？阿霞点点头。母亲说，阿霞，八八年你多少岁？阿霞算了一下，三岁多不到四岁。母亲说，想起来了没有？钱是你收下的。阿霞大声说，怎么会是我？不可能！母亲说，阿霞，对不起！你小时候爸爸妈妈挺贪玩的，吃过晚饭，经常把你反锁在家里，两个大人骑一辆自行车到处去玩。有一个晚上被大雨困在台江，回到家你已经睡了。第二天早晨，你说爸爸妈妈，昨天晚上有一个穿雨衣的叔叔，送了一包东西给爸爸。阿霞说，太小了，哪里记得住。母亲说，就是。当时再怎么问，也只会说一个穿雨衣的叔叔从防盗门塞进来的。阿霞说，既然送钱上门，一定是有所求嘛，人来了退还他就行了。母亲说，就是！这个该死的！天天等他来，白天不敢去上班，晚上不敢去上街，等他等了多少年？十年！等到房子拆迁了才死了这条心！阿霞说，会不会送错了？去年还是前年春节，也有人送了两麻袋冬笋到我们家。被我拦在门口，我说一定是搞错了，叫送礼的人打电话，果然是送十四楼的送到十五楼了。母亲说，天啊！怎么千想万想就没往这个方向想呢？很有可能啊！当时对门的邻居已经是一个副厅了，你父亲才刚刚是一个副处，会不会是要送给他家的送错了送到我们家了呢？完全有可能。那个副厅，原来对你父亲挺关照的，后来莫名其妙不理不睬了。会不会是吃了哑巴亏心里有气呢？天啊！老天爷怎么搞的啊！阿霞说，这不是很简单很明白的事吗？母亲说，这就是当局者迷，旁观者清了。阿霞说，妈妈，就为这五万元吗？母亲说，五万元在当时不得了，当时谁家里有一万元就不得了，当时说谁很有钱就叫他“万元户”。阿霞说，妈妈，那就是为了这五万元你把你自己和全家整成这样？太好笑了！太可悲了！母亲说，阿霞，对不起。我就是觉得清清白白的人，却收了不明不白的钱，很耻辱。白天不敢见人，晚上不会睡觉。阿霞说，实在傻！既然那么害怕不明不白的钱，扔到垃圾堆算了，捐给希望工程也成。母亲说，阿霞啊！这五万元的事早跟你商量就好了。但是扔掉或捐掉绝对行不通。你想想，万一这该死的人找上门，逼着你父亲做这个做那个，做不到又没钱退还给他，会被他害死的。阿霞说，这个倒是。这种事，智慧一直是插不上手的。别人的事，说得一套一套的，轮到自己，完全抓瞎。母亲说，就是。最怕被人设局，被人陷害，被人举报。恐惧就这样产生了，苦难就这样产生了。恐惧就像一个螺旋，苦难就像一个深渊，掉进去就爬不出来了。

阿霞抱着可怜的母亲。可怜的母亲现在完全平静下来了，现在静静地躺在阿霞的怀里。阿霞抱着母亲像抱着一个婴儿。阿霞说，妈妈，你现在还恐惧吗？母亲摇摇头。阿霞说，妈妈，如果爸爸真有什么事你还恐惧吗？母亲摇摇头。阿霞说，妈妈，如果……比如说我突然要离开你离开这个家……去远方去旅行或者去结婚，你恐惧吗？母亲点点头又摇摇头。阿霞低头亲了又亲母亲皱纹多多的额际，说，妈妈，我不会的——我故意吓你一下的。阿霞笑起来，母亲也笑起来。母亲说，阿霞，你是一个很好很好的孩子。阿霞说，妈妈，你是一个很好很好的妈妈。爸爸是一个很好很好的爸爸。我们家是一个很好很好的家。母亲说，阿霞，从前仓颉造字造了一个“家”，意思是有几头猪挤在房屋吃了睡睡了吃。可是我总觉得家其实是挂在悬崖上，像挂在悬崖上的鸟的巢。晚上两只老鸟一只小鸟相依为命，清早两只老鸟飞出去讨生活，到了天黑了只剩一只飞回来了。怎么说呢，昨天不知道今天的事，今天不知道明天的事。太可怜了，太可悲了。阿霞也很同意母亲的感叹，正要说，母亲说，阿霞你听！什么声音？是不是电梯上十五楼了？你扶我起来！快点快点！

阿霞扶起母亲，太神奇了！母亲会站起来了！母亲会走路了！母亲扶着父亲的床沿，扶着门框，扶着走廊的墙，扶着玄关的壁橱，走到门边，阿霞一直小心护在旁边，阿霞说，妈妈，我来开门吧。母亲说，是你父亲。我来。

2012 年 8 月 10 日

都是紫泥惹的祸

一、缘起

伍朵去出闲差。

她差点迟到了，原因是街上堵车。福州正在修地铁，所到之处全是围栏，声势跟大炼钢铁那阵子差不多。现在堵车是很正常的，不堵车倒奇怪了。

伍朵拖了行李上了中巴。车上只剩一个空位了，这人退到窗口，给她让了座。

伍朵说，谢谢您。

这人说，不认识啦！上次圣诞节……

伍朵说，对不起对不起，我不会认人。

这人说，占领。张占领。

伍朵下意识地看一下车子，一个萝卜一个坑的，哪里往哪里占领呵？伍朵抿着嘴唇笑起来。

张占领的手机响了。听到一个女子的声音，好像是在大商场，挺闹。听到张占领说，再贵也得买。

伍朵咂一下舌头。

伍朵也拿出手机，手机这东西真好，以前靠抽烟调节紧张情绪，现在靠手机打发寂寞时光。

伍朵摁了信息栏，短信发出去，是狗犬叫声，短信回复，是鸭叫声，来来回回，有二十来回。

伍朵没有理睬张占领。

张占领睡了一觉。

两人开始说话聊天是在中午的酒桌上。每个人都有桌牌，伍朵和张占领都不是什么重要角色，轮番过来敬酒的人，都只是象征性地湿一下嘴皮子。伍朵却爱喝这个当地的酒酿，就跟张占领碰杯，一来一往，两人脸上酡红，温情脉脉。

两人连午休房都紧挨着。中午只是过境，下午再赶目的地。

伍朵酒喝太多呼呼睡去，手机设置叫醒的摩托车发动声一响再响没有听见，服务台的叫醒电话也没听见。

一车的人都在等她。

张占领终于说，那我去叫吧，中午我住她隔壁。

伍朵脸红耳赤地跟着张占领上车。他们还坐老位置。

经过这一轮两个人很熟了。

晚宴两个人都不肯喝酒。张占领称有点风火牙疼。伍朵则说，今天洋相出尽了，这辈子再不喝酒了。

晚上张占领来了两个省委党校的同学，都是县里的局正局副了，说去一个地方喝茶。

张占领请伍朵一起去。

喝了什么茶不要说，免得有替茶商植广告之嫌。去的地方倒可以夸夸，竹林成海，山风吹拂，都是兰花香气。在几百盆的寒兰、春兰、建兰、慧兰和武夷山的身边喝茶，大家的动作都放得很轻，声音也放得很轻。伍朵蓦然想起早上出发时张占领在手机里的最高指示：再贵也要买。就咬耳朵，喂！你是哪个单位的？

张占领笑起来，闹半天我是谁你还不知呵！

张占领报了单位。一个很闲的单位，一个很闲但是很雅的单位。

伍朵激动起来，声音粗了，说我从小立志要当×××！张老师，您肯不肯收徒儿？

张占领显然见多了，笑一下，像点头，又像摇头。

张占领的两个同学，一边陪喝茶，一边轮着出去接电话。现在就这样啦，都很忙很浮躁啦，谁也没办法在会场上在饭局上在饮茶谈天的时候不接电话啦。茶喝到淡到几乎无了，就散啦。

这个晚上张占领还住伍朵的隔壁。

这个晚上伍朵收到一个骚扰电话，一个骚扰短信。

骚扰电话是外线打过来的，可能听到“喂！”是女声，立马放掉了。

骚扰短信是香港六合彩公司发来的，让她带上身份证银行卡在某月某日赶到宇宙某处领取巨奖。

伍朵后来想，这个晚上她为什么迟迟不睡呢？她有没有希望张占领来占领她呢！

答案是：他起码也应该发一个骚扰短信。

二、花为媒

伍朵给张占领打电话。

张占领正在开会，声音压得很低，那祝贺呵！去多久？

张占领有点敷衍了事，也有点觉得奇怪。出差回来三个月了，杳无音信，忽然告诉他要去台湾了。

伍朵说，要去台湾二十天，还要去香港五天，一共要二十五天，等于一个月。

干巴巴的说法，张占领不爱听。

伍朵说，你在开会是不是？

张占领干巴巴说，在开会。

伍朵说，我主要是……解铃还得系铃人，上次一起出差你的同学送的兰花要有人浇水。

张占领说，可以。

就约了时间，约了地点，一起吃饭，一起到了伍朵的家中，看了兰花，交了钥匙。

然后两人接吻。旋又分开。

伍朵捂着脸说，太快了。

张占领说，什么太快了?! 上次出差我就想了。

伍朵说，来得快去得也快。

张占领说，对！你应该三年以后才来找我，那样就显得很守妇道。

伍朵捂着脸说，你这个坏蛋，你说我不守妇道，谁让你的同学给我送兰花的？

张占领笑起来，送兰花有错吗？

伍朵说，看上去都没错，出差没错，认识你没错，喝茶没错，送兰花没错，请你给兰花浇一下水有错吗？但是综合起来就大错特错。

张占领笑起来，反正都错了那就一错再错，继续错吧。

伍朵说，我……太突然了。

张占领说，不瞒你说，我就是爱突然袭击。

伍朵说，男的和女的不一样。心理感受不一样。

张占领说，我说了你不要生气哈！我看女的其实比男的更骚，男的主要是比较直接，比较有冲击力。女的爱拐弯抹角，声东击西。

伍朵说，随你怎么说，反正我觉得你挺霸道的，还挺嚣张的。

张占领说，不要说，一个巴掌拍不响。

张占领又说，两个人都挺骚的。

张占领又说，要不要……来一下吧。

伍朵说，不要！你走吧。

两个人在电梯里一声不吭。

经过保安岗亭，伍朵签收了网上购来的迷你洗衣机，整整一个大纸箱。

张占领过去扛起来，说我给你送上去。

伍朵也没说不用呀。

两个人在电梯里还是一声不吭。

打开门就不一样了。

伍朵去厨房烧开水。张占领去卫生间尿尿。

张占领去厨房看伍朵烧开水。伍朵忽然不好意思起来。

张占领说，你这个不好意思太好看了。中国的中年妇女太不懂得不好意思了。你再不好意思一次给我看吧。

伍朵说，说什么呀！

张占领说，水开了，我们泡茶吧。

伍朵说，太迟了。你回去你家里会有意见。

张占领说，我就知道你会拐弯抹角。干脆告诉你，我老婆去我女儿那里了，去墨尔本了。

伍朵说，难怪。

张占领说，什么难怪？难道不是你先勾引我的吗？

伍朵快哭起来了，说我没有！

张占领说，对不起对不起。我不是看不起你的意思，相反，我很欣赏你，至少你有想法就有行动。

伍朵哭出声了。真是越描越黑呵！我快成了淫荡派了。

张占领一把把她抱住。

两个淫荡派，哪里有空泡茶。

三、接机

伍朵坐香港的航班回来。香港的航班很少晚点。

张占领却迟到了。他走西二环，在隧道口堵车，等赶到长乐机场，伍朵已经在机场的 ×× 咖啡屋续了两杯咖啡了。

张占领没有带一束鲜花，伍朵多少有点失望。

伍朵把行李交给张占领，两个人顺理成章上了车。

两个人的关系已经转正了。激动人心的时刻就不是很多了。

张占领有点心不在焉的，好像还皱眉头，好像还叹气。

伍朵在等他先说话。

张占领说，我看你晒黑了。

伍朵说，那是肯定的。

张占领说，兰花开花了，开得很好，很香。

伍朵说，太好了，谢谢你。

张占领说，不用谢。

两个人的关系一下子变得疏远了。

张占领专心开车。

伍朵拿出手机，现在手机就是手枪，是她保护自我的武器。

伍朵先给丈夫打电话，对不起，她丈夫长年在内蒙，在内蒙开煤矿。她丈夫手机已关机。

伍朵再给单位打电话。也很对不起。下班时间早过了。

伍朵摁了通讯录，手机滑了一遍又一遍，285 位联系人，找谁说事呢？现在就这样啦！谁都朋友很多，谁都没有朋友啦！伍朵打开车窗，高速公路上的风速，让耳膜鼓胀起来。

张占领把车窗关了。

张占领这时腾出手，把伍朵的手握在手里。

伍朵不知哪来的眼泪，汹涌掉下来。

张占领松开手，抽出纸巾，伍朵木木地接过来。两个人的关系一转正，就没有激动人心的时刻了。

伍朵说，你好像变心了？

张占领眼睛看着远方，没有说话。

伍朵说，我才出去不到一个月，怎么搞的？

张占领似笑非笑，也不做解释。

伍朵说，还好才刚开始，要忘记也不是太难。

伍朵说，我们以后不要再见面了。

张占领说，随便你。

伍朵说，哪里是随便我了明明是随便你！

张占领说，天下乌鸦一般黑，天下女人一般唠叨。

伍朵说，可是你说的！有本事去当面对你们女厅长说。

张占领说，怎么吃醋吃到我们女厅长头上了？

伍朵说，反正今天是最后一次见面了，要给你留下最坏的印象。

张占领说，我没所谓啦！跟女厅长也未必不可啦！她也经常关心我啦！说我名气很大啦！问我有什么困难要及时对她说啦！我正在想，要怎么报答她啦！

伍朵说，我手机录音啦！请你再说一遍。

张占领说，我下星期要跟女厅长去出差，去一个遥远的地方。衣服一脱，人格面具一摘，反正都差不多，都俗不可耐。

伍朵说，那谁不俗气？你老婆不俗气吗？

张占领太生气了，大声说，扯上我老婆啦！告诉你，我的老婆神圣不可侵犯！

伍朵不顾是在高速公路上，大声说，你停车！

张占领在这个时刻整个人清醒过来了。

他像一只待宰的羊哀哀地说，在西二环，一辆出租车停在隧道口，一位老乘客站在护栏边小便，载土渣的大卡车从隧道里冲出来，人当场挂了。

四、礼物

根据干柴烈焰之葵花宝典，这个晚上张占领应该在伍朵家中过夜。

但是张占领把行李送到电梯口，没有上楼的意思。

伍朵不高兴。

伍朵放下自尊心，说上去坐一下吧。

伍朵把自尊心彻底放下了，说带了小礼物，你拿了再走吧。

张占领再不上楼就很不像话了。好在他不会，他是一个念情的人。

也因为太念情了，张占领急着要走。他的妻的慈母大人，他的岳母大人，他婚姻的总操盘手暨他单位的前领导，昨天夜里，在浴缸里不幸摔了一跤，右手肘骨折，打了石膏，不能烧饭，不能拧毛巾，张占领要赶去给她尽孝。

伍朵说，要尽快给她找个护工。

张占领说，她不肯。

伍朵说，什么她不肯？人老了就得服老。

张占领说，她是一位马列主义老太婆。她说只要她还能动，她就不剥削劳动人民。

伍朵说，说什么呀！给劳动人民创造就业机会，很伟大很光荣。

张占领说，说什么都没用。

伍朵大声说，那她在剥削你！

张占领大声说，这跟你有什么关系?!

伍朵说，我路见不平。

张占领说，你神经病！

伍朵说，你走吧！

张占领真的站起来，说礼物呢？拿来！

伍朵笑起来，说好意思！

张占领说，省得你明天又找借口打电话叫我来拿。

伍朵说，他 × 的！你脸皮太厚了。

张占领说，你欲擒故纵，欲拒还迎，还故作娇羞，你脸皮更厚。

伍朵傻了一会儿，不知说什么。

伍朵去开包，拿出一个礼盒，说，猜一下，最有用又最俗气的东西。

张占领说，钱包吧。

伍朵说，聪明瓜。

张占领说，LV 的，不错。

伍朵说，你现在就换上。

伍朵不敢说，以后你拿出钱包就要想着我。伍朵只能说，男人要有一个好钱包。

伍朵认真地看着张占领换钱包。

伍朵说，你卡还真不少。说完马上后悔了，太蠢了，太贱了。

张占领当没听见。

张占领不知怎么处理这个跟了他多年了的旧钱包，扔了？带走？

伍朵说，给我吧。

伍朵拿了张占领的旧钱包走到卧房里。他们刚才在客厅里，站也不是坐也不是，现在他们转移战场了。

伍朵把旧钱包塞入枕头底下。想想不对，又取出来，踮起脚尖，扔到大衣橱顶上。

张占领从她身后袭击了她。张占领的两只螃蟹爪子，从上往下，一个角落都没放过。

五、婚礼

忘了去参加谁的婚礼。只记得要带 500 元，要在傍晚五点钟吉时入场。

伍朵给自己放了半天假，打的去扫街，购物袋拎了七八个，脚累得抽筋。

伍朵五点钟准时到场。她第一个到场。看见新郎是外国人，新娘像外国人。新娘拉着新郎给她鞠躬，叫她伍阿姨……伍朵想起来了，以前她上六年级她上一年级，每次她来她家院子里讨桑叶喂蚕宝宝，叫她伍姐姐，现在成了伍阿姨了。

有没有搞错呵！

伍朵摇摇头，上前去交了500元“赞助”，领了30元“回扣”，还领了一大礼盒大世界橄榄。那么……哪年，哪天，自己仿佛……确实也在这个酒店这个三楼这个什么厅或那个什么厅举行了婚礼。那一次，礼盒的内容好像是巧克力，至于是德芙巧克力呢还是费雷罗巧克力呢？根本想不起来了。

伍朵去了化妆间。在马桶上，脚暂时从鞋子里解放出来。想起不知谁说的，婚姻像鞋子，脚舒服不舒服只有自己知道。她的婚姻和她此时的脚一样，不舒服，她太知道了。

伍朵自怨自艾起来。

有人来推门，伍朵在里面说，等一下。伍朵出来，看到一位美妇人，美妇人和她不约而同笑一下。

接下来伍朵去找镜子补妆。她确实需要经常补补妆了。

她离那个手持戴安娜玫瑰，身穿蕾丝露背婚纱的丽人玉人无限遥远了。

伍朵“拖儿带女”出了化妆间，她差点叫出声，大呵！你道她遇到谁了？

张占领。

张占领和美妇人。

没办法，世界很大也很小。城市很大也很小。有缘分的人，注定要经常遇到。

伍朵想绕过去。但是她被自己的“儿女”绊了一下，趔趄了一下，可能是心虚吧，是慌张吧。

张占领反应颇快地叫了一声伍处长。

伍处长造作地四顾，茫然地四顾，谁呢？谁在叫伍处长呢？

张占领说，介绍一下，这位是我夫人。这位是国民党的伍处长。

“我夫人”笑吟吟说，是台湾那个方面的？

伍朵赶紧摆一下手，说一点台湾“血统”也没有。是“这里”的，而不是“那里”的。

“我夫人”说，我去国外，走到哪里，也都说你气质这么好，一定是台湾的吧，我就尽力气解释，说是“这里”的，而不是“那里”的，他们都不相信。

伍朵真心地说，他们夸得没错，你真的气质很好。

“我夫人”笑吟吟说，听到没有，张老师，要不要奖励一下？

张占领笑说，奖一杯咖啡怎么样？

伍朵想溜脚，“我夫人”不肯，说还早，最少还得等一个小时，里面都是熟人，空气又不好。

伍朵指着说，是不是同一家的？

“我夫人”说，是吧？应该是这家吧。

张占领说，报告夫人，核实过了，保证是。一定是。

“我夫人”笑起来，说昨天我们太倒霉了，好像也是这一个厅，假拉斐酒瓶都喝一堆了，才发现半桌不认识的人，才是这一家的；而另半桌互相认识的人，应该是在隔壁家。

“我夫人”说，现在就这样啦！将错就错的事是经常发生的啦！

伍朵笑得要命。说起前段单位迁新址，门一模一样，办公桌一模一样，电脑一模一样，沙发一模一样，茶杯茶壶茶盘也一模一样。三楼的处长走电梯多走一层，门被他打开了，正在上网，四楼的处长也来了，看到里面有人，以为自己错了，拍了脑袋，说了对不起，还喝了一杯茶，然后下三楼开门，也开进去了。上午错了也就算了，下午照错不误。然后是三楼的处长的老婆往老公的办公室打电话，查岗，听到声音不对，口令不对，才发现大错特错了。

“我夫人”指着张占领，笑说，我来揭发他。有一次他喝高了，住15楼摁了25楼，两道门锁居然都开得进去。他换了人家的拖鞋，坐了人家的沙发，看了人家的电视，还吃了人家半个梨，25楼家的小狗见到陌生人一直汪汪叫，他就给我打手机，喂老婆！你不是在墨尔本吗？家里怎么多出一只小狗？

张占领不好意思地捋捋头发。

伍朵拍手笑，哎呀！要是没有25楼那只小狗，等天亮醒来，枕边那个人……哎呀！老婆你怎么整容啦！

伍朵看到张占领在对她眨眼睛。呵呵！失言失言——保不准“我夫人”也是整容整出来的。

拿铁咖啡适时端上来。

熟人适时出现。

婚礼，让人记不住谁是囍主的盛大婚礼开始了。

六、骚扰短信

第二天伍朵睡懒觉。因为第二天是周末。

伍朵关了手机。

其实早醒了，就是不想起床。

其实有一群未接电话，未打开短信在等候她大驾开机。

一开手机就像打开潘多拉的盒子。下周一一开盘就会拉涨停榜的股票信息；房东要出国挥泪卖别墅的二手房信息；大洋百货大洋晶典大洋新天地打七折打六折打五点五折的商家信息；要不要种牙齿要不要买墓地要不要去香港生孩子的信息……伍朵看一条删一条。

但是保留了一条“要不要出来见一面？”的具名不知的短信。

谁呢？

伍朵回复：请问您是谁？

对方回复：猜。

伍朵：我弱智。

对方：友情提示：昨晚你和谁在一起？

伍朵：骗子。骗子也经常这样问道：哈连我是谁你都忘了哈！

对方：哈我是骗子？那你是坏蛋哈！

对方再发一条：见一面吧，香格里拉大堂见。互相欣赏，共同进步。

伍朵：不过我现在人在外地出差。要明天晚上很迟才能到家。

对方：明明昨天晚上还在一起。怎么，您配了私人飞机啦？

伍朵：我昨天明明在布格拉宴。怎么你到底是谁？

对方：刚才在单位门口有个女人来问，要全身服务吗？我说我老婆马上出来了。说时慢那时快，洗厕所的卫生工就出来了。她就跑了。

伍朵：哈那你是男的吗？

对方：哈男的女的很重要吗？

伍朵：男的才会找女的搭讪，不是吗？

对方：不一定。比如说我现在不是在找你搭讪吗？

伍朵：闹了半天了，你就是不肯说你是谁。

对方：你笑一下，我就告诉你。

伍朵找了表情符，摁了一个哭泣的表情，一个投降的表情，一个恼羞成怒的表情。

对方：孟唐芝。

伍朵：开国际玩笑吧！咱才是孟唐芝。

对方：凭什么？

伍朵：孟唐芝是一个台湾服饰品牌，咱家最少有 50 件孟唐芝。

对方：妈妈呀！购衣狂？

对方又发一条：不过咱家当孟唐芝也快五十年了。

伍朵：真叫孟唐芝吗？怎么不叫孟姜女呢？

伍朵又发一条：但是你叫孟唐芝跟我有什么关系呢？请问你找我有什么事呢？

对方：你真是太自闭症了。生活太平静了，互相骚扰一下有什么不好吗？

伍朵：无聊吧？

对方：很是啰！

伍朵：谁允许的？

对方：张某某。

伍朵心狂跳起来。哎呀呀真是看不见的战线呵！还好……还好……

伍朵：哈呀！你是张天爱吧！你太坏了！

对方：什么天爱地爱？！

伍朵：那么，张智慧吧？

对方：张智慧？名字很熟悉呵！是不是中共中央委员？

伍朵：张智慧是我们小区物业主任。我觉得你是张智慧，难道你不是吗？

对方：猫扯绣球，越扯越远了。

伍朵：到此吧。我尿急了，不陪你玩了。

对方：看在你尿急的分上，我告诉你吧！我是百分之百孟唐芝，百分之百张占领太太。

伍朵：对不起对不起对不起十万个对不起！现在实在是骗子太多太多太多了。

孟唐芝：那你要不要出来玩呀？

伍朵：我马上去！在哪里？

孟唐芝：香格里拉大堂见。

七、乡下也有香格里拉大酒店

张占领也在香格里拉大酒店。

孟唐芝说，张老师也在香格里拉大酒店。

伍朵眼光扫一下，在哪里呢？

孟唐芝说，张老师去 17 楼见一个很重要的客人了。

伍朵笑一下。

孟唐芝说，很重要的客人来福建办一个很重要的案件。省里的人想见他都见不到。

伍朵笑一下。

孟唐芝说，张老师与很重要的客人是初中同学，飞机的头等舱里认出来了，两个人高兴得要跳起来。

伍朵笑一下。

孟唐芝说，张老师跟我也是初中同学，按道理那位很重要的客人跟我应该也是初中同学。但是怎么搞的，我一点印象都没有。

伍朵笑一下。

孟唐芝说，男人也有男人的友情，随他们去吧。我们玩我们的。

伍朵说，很好。吃早午茶还是喝咖啡？我请客。

孟唐芝说，不用你破费。张老师有很多消费券，天天来都用不完。

伍朵笑一下。

孟唐芝说，还是喝咖啡顺。中午可能还得请很重要的客人吃个饭，不然无礼貌。你一起参加好不好？

伍朵笑一下。

孟唐芝说，你笑起来很迷人，有一个小酒窝。可惜太瘦了，有法令纹了。

伍朵笑一下。

孟唐芝说，我发现你鼻子也很好看，小腿也很好看，脖子也很好看……

伍朵被夸得不好意思起来。

伍朵说，我刚才来得太急了。我去一下洗手间。

坐在香格里拉大酒店的马桶上，伍朵给黄燕子发了一条短信：

黄燕子好！请你过十分钟给我打一个骚扰电话。请记住，一定要骚扰十分钟。

坐在香格里拉大酒店的马桶上，伍朵给朱半坡写了一条短信：

半坡好！德国现在是什么时间？如果是上午，请给我打十分钟电话；如果是下午，请给我打二十分钟电话；如果是晚上，请给我打半小时电话；总之想请你骚扰我一下。但是如果现在是半夜了，而且你睡着了，那就不用骚扰我了，我另外找别人骚扰我。

短信写好了，但是没有发出去，伍朵自己乐一下，删了。这个朱半坡，留德工程师，刚去德国时，有一次被抢包，打电话给他妈妈，打错了，开口即叫妈妈，即大哭，伍朵结婚数年连一只猫儿子都没有，就认了朱半坡做干儿子了。要求干儿子骚扰打电话骚扰自己，太过分了呵呵！

刚入咖啡座，刚端起拿铁，手机的火车呼啸声响起来了。黄燕子说，亲爱的，有事吗？

这个黄燕子，平时那么善解人意，派她来解铃，呵呵！她来系铃呵！

伍朵含糊说，呵呵！好久不见了，你怎么样？都好吧？

黄燕子说，亲爱的，你是不是遇到不开心的事了？不要管别人怎么样，我们自己开心就好。

伍朵含糊地说，呵呵！你人在哪里？

黄燕子说，你先说，你人在哪里？

伍朵笑一下，这差不多算弄巧成拙了。好在，最自以为是的往往也是最愚钝的——目下如孟唐芝，她居然乐呵呵，傻呵呵的没有看出什么端倪。

伍朵说，我在香格里拉大酒店。

听见黄燕子欢呼一声，我也在香格里拉大酒店。

伍朵欢呼一声，这么巧！在哪里？

黄燕子说，在乡下。乡下也有香格里拉大酒店。

伍朵说，在哪里？

黄燕子说，在乡下。

伍朵说，废话！问你哪里的乡下？

黄燕子说，也不知道。好像去永泰的乡下，又好像闽清的乡下，又好像有经过白沙，那又是闽侯的乡下。反正被当猪一样运过来，看到好玩的地方就停下来。

伍朵说，你太坏了！去好玩的地方也不叫我。

黄燕子说，得罪得罪。你要不要现在赶过来？

伍朵说，废话！你都不知你在哪里，我去哪里找你？

听到黄燕子在问旁边的人。旁边的人把手机接过去，告诉伍朵：往雪峰寺方向走，就在雪峰寺的山下，看到路边有一个修车店，招牌上写着“风炮”，他们就在那里。

伍朵说，不是说香格里拉大酒店吗？怎么变成“风炮”了？

黄燕子旁边的人说，“风炮”两个字很大，大老远就看见了。香格里拉大酒店几个字太小了，没有戴眼镜看不见。

伍朵说，什么叫“风炮”呢？

黄燕子旁边的人说，“风炮”的意思可能是补轮胎吧。

伍朵说，你们车子坏掉啦？

黄燕子旁边的人说，没有啦，主要是旁边还有一个鸭寮，鸭子多得像鹅卵石，鸭蛋多得像沙子。黄燕子捡了一箩筐的鸭蛋了，你要不要也来捡鸭蛋？

伍朵说，先问一下，捡鸭蛋要不要钱的？

黄燕子旁边的人说，废话！现在连鸭屎都很贵了。

听到黄燕子旁边的人说，喂！老板娘，鸭屎怎么卖？多少？太贵了！

听到黄燕子旁边的人说，太贵太贵了！鸭蛋才五块钱一斤，鸭屎要二十五块一斤，那鸭尿不是要五十块一斤吗？风水轮流转也不是这样转法呵呀呀！

伍朵笑得眼泪都流出来了。

伍朵对孟唐芝说，你听见了，乡下也有香格里拉大酒店。我要去乡下的香格里拉大酒店。

伍朵说，失陪了。

八、紫泥说

紫泥说。

我是紫泥。伍朵姐姐，还记得我吗？

天空在下大雨。伍朵在接手机。

紫泥说，我是紫泥。想起来了吧？

伍朵说，我再想一下吧。

伍朵说，你人在哪里？

紫泥说，深圳。以前在顺昌当小学老师，在一次齐天大圣研讨会上认识的，跟你住一间。想起来了吧？

伍朵说，呵呵！想起来了。

伍朵说，太久太久了。很多事都随风飘散了。

紫泥说，那是姐姐你，贵人总是多忘事。像我，小小百姓一个，小小事情记一辈子。

伍朵说，我也是小小百姓呵！只是年纪大了，爱忘事了。

紫泥说，姐姐气质那么好，越老会越好看。

伍朵说，然后呢？

紫泥愣了一下。

紫泥说，姐姐，我是从百度里找到你的，百度说你是国民党方面的人。

伍朵笑起来，百度的话你也信呵！你会被人骗去卖掉的。

紫泥说，姐姐说的没错。我就是被人骗到深圳的。但是现在好了，我在深圳站稳脚跟了。

伍朵说，你在做哪一方面的……工作？

紫泥说，我算瞎猫撞上死老鼠。我在身无分文的时候，跑到医院做护工，照顾一个中风的老太太。老太太的儿子在法国，收购了好几家葡萄酒庄园，做了自己的品牌，我现在给他做中国总代理。

伍朵说，很好，祝贺你。

紫泥说，谢谢姐姐。

伍朵说，然后呢？

紫泥说，姐姐，我开门见山，我有一点事求助你。

伍朵说，不知道我能不能做到？

紫泥说，我想我事业做好了，应该回家乡亮亮相了，想请你帮帮忙。

伍朵说，这个怎么帮呢？

紫泥说，就是要请人吃饭。现在的人都很忙，面子不够大谁肯出来吃你的饭。

伍朵说，这个倒是真的。每次吃了那些不消化的鱼翅啊鲍鱼啊佛跳墙啊，我都要走路走一两个小时。太讨厌了。

紫泥说，所以请人吃饭要给足出场费，男的就说汽油费停车费，女的嘛，就说买个包买双鞋子。

伍朵听了显然动心了，态度起了变化了。伍朵说，看情况，有的不用给的就免了。

紫泥说，姐姐这方面我会另外考虑，这个叫操心费。

伍朵说，太客气了不好。不要太客气。

紫泥说，我多卖几瓶酒就是了。姐姐不用客气。

紫泥说，你下周有没有空？

伍朵说，可以。再下周我就没空了。

紫泥说，去哪里？

伍朵说，还没定。但是肯定得出差。

紫泥说，那下周三周四怎么样？

伍朵说，很好。周五晚上不好请，个个都早有安排了。

紫泥说，深圳这边也这样。周一周二没人肯出来，因为吃进去的东西都还没有消化。周五又开始狂欢了。哎！

整个中央台都变成娱乐台了,全国人民变成吃货了,糟糕了,这个国家。

伍朵笑起来，紫泥你挺忧国忧民嘛。

紫泥说，看了都会着急，但是如果大家都很清醒，我这葡萄酒卖给谁?

伍朵说，搞半天你为推销葡萄酒。

紫泥说，我卖了葡萄酒我做公益事。我妈妈说，有公益心做公益事会被尊重的。

伍朵说，有能力这样做当然好。可是我跟做生意都擦肩而过，我只能站在远远的地方欣赏你的壮举。

紫泥说，姐姐，人生的事充满玄机。说不定……

伍朵说，我心态很好。人生很短暂，生命很脆弱。我要过好每一天，行了。

紫泥说，我有一个阶段也是这样想的。但是机会来了,钱要找你了，就像公安要找你了，你躲都躲不掉。

伍朵说，其实钱够用就好。

紫泥说，姐姐，钱怎么会够用呢?

伍朵不说话。

紫泥说，姐姐，钱就跟水一样，哪里有说水够用了就好了的呢?钱应该多得跟水一样，想怎么用就怎么用，怎么用都用不完，最好。

伍朵说，我不会反驳你的。因为我的情况还不如你。

紫泥说，哎呀姐姐，我太嚣张了。对不起对不起。

伍朵说，没关系，你来吧。

九、紫泥是一个大骗子

孟唐芝说，紫泥是一个大骗子。

孟唐芝已经哭成一个孟姜女。

伍朵抽了一张纸巾给她。

伍朵说，慢慢说。

孟唐芝正在哭成两个孟姜女。

伍朵说，我开会溜出来的，你不说话我走了。

伍朵抽了两张纸巾给她。

孟唐芝哭得鼻子都擦破皮了。

伍朵动了恻隐之心了。伍朵说，到底怎么啦?

孟唐芝说，张占领离家出走了。

伍朵大声说，神经病!

孟唐芝傻了一下。孟唐芝说，张占领去深圳找紫泥了。

孟唐芝说，紫泥是一个大骗子。

孟唐芝说，又骗财又骗色。

孟唐芝剧烈地咳嗽起来。

伍朵说，慢慢说。

孟唐芝说，张占领跟紫泥这对狗男女……

伍朵大声说，不要乱讲！

孟唐芝说，不是乱讲！千真万确！

孟唐芝说，刚认识的那个晚上他们就眉来眼去。

孟唐芝说，不要以为我不知道，我假装包包掉地上去捡，我亲自看到张占领的脚架在紫泥的脚上。

伍朵笑一下。事实上，那天晚上张占领脚一直架在她的脚上，难不成张占领的两只脚，同时分别跨越两个国境线？

孟唐芝说，你中间出去一下，他们就郎情妾意，恨不得马上勾搭成奸。

伍朵大声说，我看你神经过敏！

伍朵大声说，既然看出端倪，你怎么还引狼入室？

孟唐芝大声说，你不是不爱跟我来往吗？我的朋友都出国了，我在国内一个朋友也没有。张占领说，得！天下何处无芳草，找一个愿意来往的嘛。

伍朵说，那就活该了。

伍朵说，那跟我没关系。

伍朵说，再说这个紫泥，我连她姓什么都不知道。

伍朵说，再说这个紫泥，她人在深圳。

孟唐芝说，什么她人在深圳？她第二天就搬到我们家了。

伍朵说，你们这不是过河拆桥吗？

伍朵说，这样就跟我更没有关系了。

孟唐芝说，不是你介绍认识的吗？你的好朋友，我们就当好朋友。

伍朵气得全身都在发抖。

伍朵说，我跟她跟你们夫妻在一起喝了不到一瓶桃红葡萄酒怎么就赖上我了？

孟唐芝说，没有你我们怎么会认识她？

伍朵站起来。

伍朵说，你说得对！你去法院告我吧。

孟唐芝跪下来。

孟唐芝说，伍朵你救救我吧，我彻底完蛋了。

伍朵不说话。

伍朵坚决地向门口走去。

孟唐芝站起来，冲过去，堵在门上，死堵在门上。

孟唐芝说，伍朵，你不能见死不救！

伍朵袖着手，手在发抖，身上在发抖。她也完蛋了，被紫泥挖了一个大坑，为了一点小小的贪念，她也被活埋了。

伍朵说，你打个手机，叫张占领接。

孟唐芝打了手机，张占领不接。

伍朵说，用我的。张占领接了。

伍朵说，张占领，你现在人在哪里？

张占领迟疑了一下，说，在深圳。

伍朵说，在深圳什么地方？

张占领说，什么事你？

伍朵说，有事才能给你打电话吗？没事不能给你打电话吗？

张占领不说话。

伍朵说，张占领，我现在在你家里。你老婆——呵呵！表面看上去那么高贵的美妇人，却原来有一副贱婢模样！伍朵很不屑说，你老婆一塌糊涂啦！你快点回来吧。

张占领顺从地说，好！我明天还是后天回来。

伍朵说，张占领，什么叫明天还是后天？人命关天，你马上回来。

张占领说，她以前是国家一级演员，她太会演同情戏了。别理她。

伍朵说，你像一个男人吗？

张占领说，她瞎说什么呀！她神经有病。

伍朵说，我看你也神经有病，你老婆说你跟紫泥有一腿。

张占领不说话。

伍朵说，你老婆说紫泥是一个大骗子。

张占领不说话。

伍朵说，是吧？

张占领不说话。

伍朵说，你老婆说你要跟她离婚。

伍朵说，你不是说你老婆神圣不可侵犯吗？

张占领不说话。

伍朵说，你真的要跟紫泥吗？

孟唐芝冲过来抢手机。

孟唐芝大声说，张占领！你叫紫泥把钱还给我，你们的丑事我当不知道。

听到张占领说，这是不可能的！

孟唐芝大声说，要不然还一半。

听到张占领说，这也是不可能的。

伍朵遂把手机抢过来。

伍朵大声说，张占领你这个混蛋，你爱过我吗？

十、都是紫泥惹的祸

两个悲伤过度的女人，擦干眼泪，一起去机场接张占领。

伍朵去停车。孟唐芝去上厕所。

飞机准点到。张占领最后一个出来。

张占领身体松松垮垮，很显然是纵欲过度。

伍朵去开车。孟唐芝又去上厕所。

张占领打电话。

张占领发短信。

张占领上车。

张占领不说话。伍朵不说话。

孟唐芝说，伍朵，听一点歌吧。张占领爱听罗大佑的歌。有没有罗大佑的歌？

伍朵不说话。张占领不说话。

孟唐芝说，要不然听蔡琴的吧。

张占领不说话。伍朵不说话。

孟唐芝说，伍朵你说说话嘛。

伍朵大声说，说什么？

孟唐芝说，晚上我们去哪里吃饭？

张占领大声说，晚上不吃饭！

张占领像个被宠坏的小孩，在车上耍赖，在两个女人面前撒气。

两个女人已经连成一片疆域。两个女人已经连成一片天安门城墙。

伍朵继续不说话。

孟唐芝继续说话。孟唐芝一会儿像一只麻雀，一会儿像一只喜鹊，孟唐芝说着说着高兴起来。

孟唐芝说，占领，我们晚上好好庆祝一下你回来好不好？

张占领大声说，你去死吧！

孟唐芝说，好呵！你叫紫泥钱还给我，今天还给我，明天我就去死。

张占领大声说，你都要死了你要那么多钱干什么？

孟唐芝笑起来，她已经有点恢复了美妇人的仪态了，孟唐芝说，我要立一个遗嘱，把遗产一半给女儿，一半给她——她指一下在开车的伍朵。

伍朵说，我不要。

张占领说，听到没有？人家不要。

孟唐芝说，她不要是她的事，我要给她是我的事。

张占领说，听到没有？人家赖皮赖脸硬要给你。

伍朵笑起来。

伍朵说，张占领，你说一句，你爱过我吗？

张占领不说话。

伍朵说，张占领，你说一句，你爱过我吗？

张占领不说话。

伍朵说，你再不说，这车就不用开了！要说快说！

孟唐芝说，在问你呢？快承认了吧！

张占领说，这跟纪检办案有什么区别！

伍朵笑起来，没错儿！这是你老婆联合你情人在办大案。

张占领大声说，见过你这样往自己脸上贴狗皮膏药的吗？

伍朵大声说，那紫泥呢？叫紫泥来！

张占领说，叫她来干什么？

伍朵说，叫她来看看她脸上贴不贴狗皮膏药？

张占领说，你太会乱吃醋了。俗气！

孟唐芝说，整天讲我俗气，看看，谁个女人不俗气？

孟唐芝说，整天说我乱吃醋，看看，哪个女人不吃醋？

孟唐芝说，整天说我贪小便宜，看看，哪个女人不贪小便宜？

张占领笑起来，喂！开车的，在说你吧。狗咬狗！

伍朵说，很好！

伍朵说，不陪你们玩了。下车！

伍朵把车停到紧急停车道上。厉声说，下车！

孟唐芝说，做人没意思，被人逼到这个份上了。

张占领打开车门，下车。走吧。

孟唐芝则把脚盘起来，像做瑜伽那样把脚盘起来。孟唐芝说，伍朵你太没有经验了，男人哪里经得起被人这样逼呵？会出人命的。

伍朵不说话。开车，把车停到行走中的张占领身边。孟唐芝打开车门，说，进来吧。张占领仰天长叹一声。呵呵！英雄气短，坐进来了。

伍朵遂开车。伍朵遂打开音乐，好像是罗大佑的歌，又好像是蔡琴的歌。伍朵的手机火车呼啸声遂响起来了，伍朵不接。再响，伍朵看一眼，是紫泥，伍朵不接。再响，再不接。再响再响，整个车里都是火车呼啸声，孟唐芝实在受不了了。孟唐芝说，伍朵，我来接吧。伍朵说，是紫泥。孟唐芝完全忘了是在车里了，车是在高速公路上了。孟唐芝很突兀地扑向前座，扑向正在驾车的伍朵。她当然只是要抢手机。但是伍朵本能地闪一下，方向盘抖一下，车子偏一下，只一下，后面的超大货车追尾追上来了，伍朵的车整个飞起来，飞出去了。

2012 年 8 月 18 日

黄昏时刻